Richard Ford
Der Womanizer

Martin Austin, vierundvierzigjähriger Geschäftsmann aus Chicago, verliebt sich während eines Parisaufenthalts in Josephine Belliard, in Scheidung lebend und Mutter eines Sohnes. Doch obwohl er, wie er meint, auf der Klaviatur weiblicher Gefühle virtuos zu spielen vermag und alle Register zieht, gibt sich Josephine unnahbar.

Austin ist seit vielen Jahren mit Barbara verheiratet, das Paar auf eigenen Wunsch kinderlos, und in seinen Augen ist die Ehe glücklich. Noch während er nach einer Erklärung dafür sucht, warum ihn Josephine so unwiderstehlich anzieht, beginnt seine geordnete Mittelklasseexistenz zu bröckeln, und er muss sich der Frage stellen, was sein Leben bis dahin zusammengehalten hat.

Ein großartiger Roman um Selbsttäuschung, gesellschaftliche Konventionen und die Art und Weise, wie sie unsere Gefühle, Worte und Handlungen prägen.

Richard Ford wurde 1944 in Jackson, Mississippi, geboren und lebt heute in Maine. Er hat sieben Romane sowie Novellen, Kurzgeschichten und Essays veröffentlicht. 1996 erhielt er für ›Unabhängigkeitstag‹ den Pulitzer Prize. Richard Ford zählt zu den bedeutendsten Autoren der amerikanischen Gegenwartsliteratur. Sein gesamtes Werk wird im dtv neu aufgelegt.

Richard Ford

Der Womanizer

Roman

Aus dem Amerikanischen
von Martin Hielscher

dtv

Von Richard Ford sind im dtv außerdem erschienen:
Der Sportreporter
Der Womanizer
Wild leben
Ein Stück meines Herzens
Rock Springs
Frank
Eine Vielzahl von Sünden
Die Lage des Landes
Unabhängigkeitstag
Zwischen Ihnen
Kanada

2. Auflage 2023
dtv Verlagsgesellschaft mbH & Co. KG, München
Die Originalausgabe erschien 1992 unter dem Titel ›The Womanizer‹
bei Granta, London.
© Richard Ford 1992
Für die deutschsprachige Ausgabe:
© Hanser Berlin im Carl Hanser Verlag München 2012
Ursprünglicher Titel: ›Der Frauenheld‹
Umschlagkonzept: Balk & Brumshagen
Umschlagbild: Eric G. Thompson
(www.ericgthompson.com)
Druck und Bindung: Druckerei C.H.Beck, Nördlingen
Printed in Germany · ISBN 978-3-423-14378-3

Kristina

1 Austin bog in die kleine Straße ein – die rue Sarrazin –, an deren Ende er auf eine größere Straße zu stoßen hoffte, eine, die er kannte, die rue de Vaugirard möglicherweise, der er dann nur noch folgen mußte bis zu Josephine Belliards Appartement am Jardin du Luxembourg. Er wollte auf Josephines Sohn Leo aufpassen, während Josephine zu ihrem Anwalt ging, um Schriftstücke für die Scheidung von ihrem Ehemann zu unterschreiben, und dann wollte er Josephine zu einem romantischen Abendessen ausführen. Ihr Ehemann Bernard schrieb billige Romane und hatte ein skandalöses Buch veröffentlicht, in dem sie vorkam; er hatte ihren Namen benutzt und ihre Untreue in allen schlüpfrigen Details enthüllt. Der Roman war gerade erschienen, und jeder, den sie kannte, las ihn.

»Es ist nicht schlimm, so ein Buch zu *schreiben*«, hatte Josephine am ersten Abend gesagt, als Austin sie – es war gerade eine Woche her – kennengelernt hatte und auch schon mit ihr essen gegangen war. »Das ist seine Sache. Ich bin Lektorin. Okay? Aber. So was zu veröffentlichen? Nein. Tut mir leid. Mein Mann – er ist ein Arschloch. Was soll ich machen? Ich sag ihm Lebewohl.«

Martin Austin war aus Chicago. Er war verheiratet, aber kinderlos, und arbeitete für einen alten Familienbetrieb, der teures, besonders behandeltes Papier an ausländische Lehrbuchverlage verkaufte. Er war vierundvierzig Jahre alt und arbeitete seit fünfzehn Jahren für denselben Betrieb, die Lilienthal Company aus Winnetka. Er hatte Josephine Belliard bei einer Cocktailparty im Intercontinental Hotel kennengelernt, einem Empfang, den ein Verlag, mit dem er geschäftlich zu tun hatte, für einen seiner wichtigen Autoren gab. Er war nur aus Höflichkeit eingeladen worden, denn das Papier seiner Firma war nicht für das Buch dieses Autors verwendet worden, ein soziologisches Werk, das die Einsamkeit der arabischen Einwanderer in den Vorstädten anhand von komplizierten Differentialgleichungen berechnete. Austins Französisch war mangelhaft – er hatte es schon immer viel besser sprechen als verstehen können –, und demzufolge hatte er allein am Rande des Empfangs gestanden und Champagner getrunken, freundlich in die Runde geschaut und gehofft, irgendwo Englisch zu hören und jemanden zu finden, mit dem er sprechen konnte, statt an jemanden zu geraten, der ihn vielleicht Französisch reden hörte und daraufhin ein Gespräch mit ihm anfing, dem er nicht folgen konnte.

Josephine Belliard war Lektorin des Verlages. Sie war eine kleine, schmale, dunkelhaarige Französin in den Dreißigern und von einer eigenartigen Schönheit – ihr Mund war ein wenig zu breit und zu dünn, ihr Kinn wenig ausgeprägt, beinahe fliehend, aber sie besaß eine glatte, karamellfarbene Haut und dunkle Augen und dunkle Augenbrauen, die Austin anziehend fand. Er hatte sie an diesem Tag schon einmal kurz gesehen, als er den Verlag in der rue de Lille aufgesucht hatte. Sie hatte an ihrem Schreibtisch in einem kleinen, verschatteten

Büro gesessen und schnell und angeregt auf englisch ins Telefon gesprochen. Er hatte zu ihr hineingeschaut, als er vorbeiging, aber nicht mehr an sie gedacht, bis sie beim Empfang auf ihn zukam, ihn anlächelte und auf englisch fragte, wie ihm Paris gefalle. Später an dem Abend waren sie essen gegangen, und schließlich hatte er sie im Taxi nach Hause gebracht, war dann allein ins Hotel zurückgekehrt und eingeschlafen.

Am nächsten Tag jedoch rief er sie an. Er dachte sich nichts Besonderes dabei, es war bloß ein zielloser, tastender Anruf. Vielleicht konnte er mit ihr schlafen – obwohl er gar nicht einmal daran dachte. Es war bloß eine Möglichkeit, eine unvermeidliche Option. Als er sie fragte, ob sie ihn gern Wiedersehen würde, sagte sie, das würde sie, wenn er es wollte. Sie sagte nicht, daß ihr der Abend zuvor gefallen habe. Sie erwähnte den Abend überhaupt nicht. Es war beinahe so, empfand Austin, als hätte er gar nicht stattgefunden. Aber es war eine Haltung, die er attraktiv fand; sie war schlau. Sie konnte die Dinge beurteilen. Es war ganz und gar nicht amerikanisch. In Amerika hätte eine Frau den Anschein erwecken müssen, daß es ihr wichtig war, wichtiger wahrscheinlich, als es ihr nach einer harmlosen Begegnung sein konnte.

An dem Abend waren sie in ein kleines, lautes italienisches Restaurant in der Nähe des Gare de l'Est gegangen, ein Lokal mit grellem Licht und Spiegeln an den Wänden, in dem das Essen nicht sehr gut war. Sie hatten einen leichten ligurischen Wein bestellt, sich ein bißchen betrunken und hatten ein langes und in gewisser Weise intimes Gespräch angefangen. Josephine erzählte ihm, daß sie im Vorort Aubervilliers, nördlich von Paris, geboren worden war und gar nicht schnell genug von zu Hause wegkommen konnte. Sie war auf die Universität gegangen und hatte Soziologie studiert, während sie noch bei ihren Eltern lebte, hatte jetzt aber keine Beziehung mehr zu ihrer Mutter oder ihrem Vater, der in den späten Siebzigern nach Amerika gezogen war und von dem man seither nichts mehr gehört hatte. Sie sagte, sie sei acht Jahre mit einem Mann verheiratet gewesen, den sie einmal sehr gerne mochte und mit dem sie ein Kind hatte, aber den sie nicht besonders liebte, und daß sie vor zwei Jahren eine Affäre mit einem anderen Mann, einem jüngeren Mann, begonnen hatte, die nur kurze Zeit dauerte und dann so endete, wie sie es erwartet hatte. Danach hatte sie gedacht, daß sie ihr Leben einfach mehr oder weniger dort wiederaufnehmen könnte, wo sie es unterbrochen hatte, ein lebenslanger bürgerlicher Wirrwarr von Kontinuität. Aber ihr Mann war über die Untreue seiner Frau schockiert und erbost und aus der gemeinsamen Wohnung ausgezogen, hatte seinen Job bei einer Werbeagentur aufgegeben, eine neue Lebensgefährtin gefunden und sich darangemacht, einen Roman zu schreiben, dessen einziges Thema die angenommenen Abenteuer seiner Frau waren – von denen er sich einige, wie sie Austin sagte, offensichtlich bloß ausgedacht hatte, von denen aber andere zu ihrem Amüsement überraschend genau nachgezeichnet waren.

»Es ist nicht mal, daß ich ihm einen Vorwurf mache, Sie wissen?« hatte Josephine gesagt und gelacht. »Solche

Dinge gibt es nun mal. Sie passieren. Andere Leute machen, was ihnen gefällt.« Sie sah aus dem Restaurantfenster auf die Reihe kleiner Autos, die entlang der Straße parkten. »Na und?«

»Aber was geschieht jetzt?« sagte Austin, der versuchte, eine Stelle in der Geschichte zu finden, die ihm Einlaß gewähren würde. Einen Satz, eine Nische, irgend etwas, von dem man sagen konnte, daß es sein näheres Interesse einlud – aber solch einen Satz gab es nicht.

»Jetzt? Ich lebe zusammen mit meinem Kind. Allein. Das ist all mein ganzes Leben.« Unerwartet sah sie zu Austin auf, und ihre Augen öffneten sich weit, als wolle sie sagen: Was gibt es denn sonst noch? »Was noch sonst?« sagte sie tatsächlich.

»Ich weiß es nicht«, sagte Austin. »Glauben Sie, daß Sie wieder zu Ihrem Mann zurückkehren?« Das war eine Frage, die er nicht ungern stellte.

»Ja. Ich weiß nicht. Nein. Vielleicht«, sagte Josephine, schob die Unterlippe leicht vor und hob ihre Schulter in einer Geste der Unbekümmertheit, die Austin als für Französinnen typisch empfand. Bei Josephine störte sie ihn nicht, aber gewöhnlich mochte er es an Menschen nicht, wenn sie diese Geste vorgaben. Sie war offenkundig falsch und wurde immer bei wichtigen Angelegenheiten eingesetzt, von denen eine Person glauben machen wollte, sie seien ihr nicht wichtig.

Josephine wirkte aber nicht wie eine Frau, die eine Affäre hatte und dann jemandem, den sie kaum kannte, nüchtern davon erzählte (sie wirkte eher wie eine unverheiratete Frau, die nach jemandem suchte, für den sie sich interessieren konnte). Offensichtlich war sie komplizierter, vielleicht sogar schlauer, als er gedacht hatte, und ziemlich realistisch, was das Leben anging, wenn auch etwas desillusioniert. Wahrscheinlich konnte er sie, wenn er die Frage der Intimität mit Nachdruck angehen wollte, mit auf sein Zimmer nehmen – etwas, was er schon früher auf Geschäftsreisen getan hatte, und zwar, wenn auch nicht sehr häufig, doch häufig genug, daß es jetzt, zumindest für ihn, nichts Außergewöhnliches oder Bedeutungsvolles wäre. Gemeinsam an einer unerwarteten Intimität teilzuhaben, konnte vielleicht bewirken, daß sie beide ihre Leben besser in den Griff bekämen.

Dennoch umgab ein gewisses Maß an Unsicherheit eben diesen Gedanken – einen Gedanken, den er so gewohnt war, daß er nicht von ihm lassen konnte. Vielleicht war es so, daß, obwohl er sie mochte, ihre Offenheit und Direktheit im Umgang mit ihm mochte, Intimität gar nicht das war, was er wollte. Er fand sie auf eine überraschende Weise ansprechend, aber körperlich fühlte er sich nicht zu ihr hingezogen. Und vielleicht, dachte er, während er sie über den Tisch hinweg ansah, waren Intimitäten mit ihm das letzte auf der Welt, was sie interessierte. Sie war Französin. Er wußte nichts über Französinnen. Eine Illusion potentieller Intimität war wahrscheinlich das, was alle französischen Frauen ausstrahlten, und jeder wußte es. Möglicherweise interessierte sie sich überhaupt nicht für ihn und verbrachte bloß irgendwie die Zeit. Es gefiel ihm sogar, eine so vielschichtige Betrachtung anzustellen.

Sie beendeten ihr Essen in einem nachdenklichen,

bedeutungsschweren Schweigen. Austin fühlte sich bereit, ein Gespräch über sein eigenes Leben zu beginnen – über seine Ehe, ihre Dauer und Intensität, über seine Gefühle sich selbst und seiner Ehe gegenüber. Er wollte gern über die beklemmende, nicht recht zu begründende Empfindung sprechen, die er kürzlich gehabt hatte, nämlich, daß er nicht genau wußte, wie er die nächsten fünfundzwanzig Jahre seines Lebens so ereignisreich und bedeutungsvoll gestalten sollte wie die vorausgegangenen fünfundzwanzig, eine Empfindung, die mit der Hoffnung einherging, daß es ihm nicht an Mut fehlen würde, wenn sein Mut gefordert war, und mit der Gewißheit, daß jeder sein Leben ganz und gar in den eigenen Händen hielt und gezwungen war, mit den eigenen Ängsten und Fehlern zu leben, etc. Nicht, daß er mit Barbara unglücklich war oder daß ihm irgend etwas fehlte. Er war nicht der auf übliche Weise verzweifelte Mann, der sich gerade aus einer Ehe löste, die nur noch langweilig war. Nein, Barbara war die interessanteste und schönste Frau, die er kannte, der Mensch, den er am meisten bewunderte. Er suchte nicht nach einem besseren Leben. Er suchte überhaupt nichts. Er liebte seine Frau, und er hoffte, Josephine Belliard eine andere menschliche Perspektive bieten zu können als die, die sie vielleicht gewohnt war.

»Niemand denkt deine Gedanken für dich, wenn du abends den Kopf auf dein Kissen legst«, war eine ernüchternde Redewendung, die Austin oft an sich selbst oder die wenigen Frauen richtete, mit denen er seit seiner Heirat zusammengewesen war – und auch an Barbara. Er war bereit, ein offenes Gespräch dieser Art zu beginnen, wenn Josephine ihn nach seinem Leben fragte.

Aber das Thema kam nicht zur Sprache. Sie fragte ihn nicht nach seinen Gedanken oder sonst in irgendeiner Weise nach seiner Person. Sie redete nicht einmal über sich selbst. Sie redete über ihren Job, über ihren Sohn Leo, über ihren Ehemann und über Freunde von ihnen. Er hatte ihr erzählt, daß er verheiratet war. Er hatte ihr sein Alter genannt, erzählt, daß er an der University of Illinois studiert hatte und in der Kleinstadt Peoria aufgewachsen war. Aber sie schien ganz zufrieden, nicht mehr zu wissen. Sie war sehr freundlich und schien ihn zu mögen, aber sie ließ sich kaum auf ihn ein, was er ungewöhnlich fand. Sie schien ernstere Dinge im Kopf zu haben und das Leben ernst zu nehmen – eine Eigenschaft, die Austin mochte. Es machte sie sogar auf eine Weise anziehend für ihn, wie sie es anfangs nicht gewesen zu sein schien, als er nur darüber nachgedacht hatte, wie sie aussah und ob er mit ihr schlafen wollte.

Aber als sie nach draußen zu ihrem Wagen gingen, den Bürgersteig entlang, an dessen Ende die hellen Lichter des Gare de l'Est und des um elf Uhr abends von Taxis wimmelnden Boulevard Strasbourg zu sehen waren, hakte Josephine sich bei ihm unter und schmiegte sich an ihn, legte die Wange an seine Schulter und sagte: »Es ist alles so verwirrend für mich.« Und Austin fragte sich: Was war alles so verwirrend? Nicht er. Er war nicht verwirrend. Er hatte beschlossen, ihr ein Begleiter mit besten Absichten zu sein, und das war etwas sehr Ehrenwertes unter diesen Umständen. Es gab schon genug

Verwirrung in ihrem Leben. Ein abwesender Ehemann. Ein Kind. Allein durchkommen zu müssen. Das war genug. Dennoch löste er seinen Arm aus ihrem Griff, legte ihn ihr um die Schulter und zog sie dicht an sich, bis sie ihren kleinen schwarzen Opel erreichten und einstiegen, wo die Berührungen dann aufhörten.

Als sie sein Hotel erreichten, ein ehemaliges Kloster mit einem von Mauern umgebenen Sonnenhof mit Garten, zwei Blocks von der großen beleuchteten Kreuzung von St. Germain und der rue de Rennes entfernt, hielt sie den Wagen an und saß da und starrte geradeaus, als warte sie darauf, daß Austin ausstieg. Sie hatten nicht davon gesprochen, sich noch einmal zu treffen, und er sollte in zwei Tagen abreisen.

Austin saß im Dunkeln, ohne zu sprechen. An der nächsten Ecke der verschatteten Straße befand sich eine Polizeiwache. Ein Polizeitransporter war mit Blaulicht vorgefahren, und mehrere uniformierte Beamte mit leuchtenden weißen Schulterkoppeln führten eine Reihe von Männern in Handschellen, die die Köpfe gesenkt hielten wie reuige Sünder, in das Gebäude. Es war April, und der Straßenbelag schimmerte in der feuchten Frühlingsluft.

Dies war natürlich der Moment, um sie zu bitten, mit ihm hineinzukommen, wenn es je zu so etwas kommen sollte. Aber es war auch klar, daß das so weit wie überhaupt nur denkbar von jeder Möglichkeit entfernt war, und jeder von ihnen wußte das. Und abgesehen davon, daß er sich das innerlich eingestand, dachte Austin auch nicht wirklich daran, es zu versuchen. Obwohl er irgend etwas Gutes tun wollte, irgend etwas Ungewöhnliches, das ihr gefallen würde und sie beide wissen ließe, daß sich heute abend etwas ereignet hatte, das vom Durchschnittlichen leicht abwich, ein Ereignis, an das sich beide gerne erinnern würden, wenn sie alleine im Bett lagen, wenn auch in Wirklichkeit nicht viel passiert war.

Seine Gedanken arbeiteten daran, was dieses außergewöhnliche Etwas wohl sein könnte, das, was man tat, wenn man nicht mit einer Frau schlief. Eine Geste. Ein Wort. Was? Alle Gefangenen waren schließlich in die Polizeiwache geführt worden, und die Beamten waren wieder in ihren Transporter gestiegen und die rue de Mezières hinaufgefahren, wo Austin und Josephine Belliard in der dunklen Stille saßen. Sie wartete offensichtlich darauf, daß er ausstieg, und er befand sich im Zwiespalt darüber, was er tun sollte. Obwohl es ein Moment war, den er genoß. Es war jener einmalige Augenblick, bevor das Handeln einsetzt, wenn alles Möglichkeit ist, bevor das Leben diese Richtung einschlägt oder jene – hin zu Reue oder Vergnügen oder Glück, hin zu einer Art von Dauer oder zu einer anderen. Es war ein wunderbarer, verführerischer, wichtiger Augenblick, einer, der es wert war, daß man ihn bewahrte, und er wußte, sie wußte es ebenso wie er und wollte, daß er so lange anhielt, wie er es wollte.

Austin saß da mit den Händen im Schoß, fühlte sich groß und ungeschlacht in dem winzigen Auto, lauschte seinem eigenen Atem und war sich bewußt, daß er sich an der Schwelle zu der, wie er hoffte, richtigen – richtigsten – auszuführenden Geste befand. Sie hatte sich nicht bewegt. Der Motor lief, die Scheinwerfer beleuchteten trüb die leere Straße, die Armaturen ließen den Raum im Wageninnern grünlich schimmern.

Abrupt überbrückte er den Abstand zwischen ihnen – so kam es Austin jedenfalls vor –, nahm Josephines kleine, weiche, warme Hand vom Lenkrad und hielt sie zwischen seinen beiden großen, ebenfalls warmen Händen wie ein Sandwich, aber auch so, daß es beschützend wirken konnte. Er würde sie beschützen, sie vor irgendeinem noch ungenannten Leid bewahren oder vor ihren eigenen verborgenen Bedürfnissen, zunächst einmal jedoch vor seiner eigenen Person, denn er verstand, daß es mehr ihre als seine Zurückhaltung war, die sie beide jetzt auf Abstand hielt, sie davon abhielt, den Wagen zu parken und ins Hotel zu gehen und die Nacht in den Armen des anderen zu verbringen.

Er drückte ihre Hand fest und ließ dann locker.

»Ich würde dich gerne irgendwie glücklich machen«, sagte er mit aufrichtiger Stimme und wartete dann, während Josephine nichts sagte. Sie zog ihre Hand nicht weg, aber sie antwortete auch nicht. Es war, als würde das, was er gesagt hatte, nichts bedeuten oder als hörte sie ihm möglicherweise gar nicht zu. »Das ist doch nur menschlich«, sagte Austin, als ob sie doch etwas entgegnet hätte, als ob sie »Warum?« oder »Versuch's nicht« oder »Das könntest du gar nicht« oder »Dazu ist es zu spät« gesagt hätte.

»Was?« Sie sah ihn zum ersten Mal an, seit sie angehalten hatten. »Was ist es?« Sie hatte ihn nicht verstanden.

»Es ist doch nur menschlich, jemanden glücklich machen zu wollen«, sagte Austin und hielt ihre warme, beinahe schwerelose Hand. »Ich mag dich sehr gern, das weißt du.« Das waren, so gewöhnlich sie sich auch anhörten, die perfekten Worte.

»Ja. Nun. Wofür?« sagte Josephine mit kalter Stimme. »Du bist verheiratet. Du hast eine Frau. Du lebst weit weg. In zwei Tagen, drei Tagen, ich weiß nicht, wirst du wegfahren. Also. Wofür magst du mich?« Ihr Gesicht wirkte undurchdringlich, als ob sie mit einem Taxifahrer sprach, der gerade etwas unangebracht Vertrauliches zu ihr gesagt hatte. Sie ließ ihre Hand in seiner Hand, sah aber weg, geradeaus.

Austin wollte noch etwas sagen. Er wollte etwas – etwas ebenso absolut Richtiges – in diese neue Leere hinein sagen, die sie zwischen ihnen hatte entstehen lassen, Worte, die man sich nicht zurechtgelegt und nicht einmal im voraus gekannt haben konnte, sondern etwas, was sich auf das einließ, was sie gesagt hatte, einräumte, daß er damit einverstanden war, und dennoch einen anderen Moment sich ereignen ließ, währenddessen sie beide neuen und unerforschten Boden betraten.

Doch das einzige, was Austin sagen konnte – und er hatte keine Ahnung, warum dies die einzigen Worte waren, die ihm einfielen, da sie töricht und ruinös schienen –, war: »Manche Leute haben einen hohen Preis dafür bezahlt, daß sie sich mit mir einließen«, was zweifellos die falschen Worte waren, da sie seines Wissens nicht unbedingt stimmten, und selbst wenn, dann waren sie so prahlerisch und melodramatisch, daß sie Josephine oder auch jeden anderen veranlassen mußten, in lautes Gelächter auszubrechen.

Dennoch, er konnte das sagen und alles zwischen ihnen auf der Stelle vorüber sein lassen und das Ganze vergessen, was vielleicht eine Erleichterung wäre. Bloß war Erleichterung gar nicht das, was er wollte. Er wollte, daß sich etwas zwischen ihnen entwickelte, etwas Entschiedenes und Realistisches, etwas, was den Tatsachen ihrer beider Leben gerecht wurde; in jenen Bereich vorstoßen, wo in diesem Augenblick eigentlich nichts möglich schien.

Langsam ließ Austin Josephines Hand los. Dann nahm er ihr Gesicht zwischen die Hände, drehte es zu sich hin, beugte sich über den Raum zwischen ihnen und sagte in dem Augenblick, bevor er sie küßte: »Ich werde dich wenigstens küssen. Ich habe das Gefühl, daß mir das zusteht, und ich werde es tun.«

Josephine Belliard leistete ihm überhaupt keinen Widerstand, aber sie überließ sich ihm auch in keiner Weise. Ihr Gesicht war weich und nachgiebig. Sie hatte einen nicht besonders ausdrucksstarken, überhaupt nicht vollen Mund, und als Austin seine Lippen auf ihre Lippen preßte, kam sie ihm nicht entgegen. Sie ließ sich küssen, und Austin wurde das sofort und grausam bewußt. Tatsächlich fand folgendes zwischen ihnen statt: Er nötigte sich dieser Frau auf, und ein Gefühl überwältigte ihn, als er seine Lippen noch fester auf ihre drückte, daß er sich etwas vormachte und ein jämmerlicher Idiot war – die Art von Mann, über den er sich lustig machen würde, wenn er sich selbst beschreiben hörte, und nur diese Fakten dabei angeführt wurden. Es war ein schreckliches Gefühl, ein Gefühl, als wäre man alt, und er spürte, wie er im Innern hohl wurde und seine Arme so schwer wurden wie Knüppel. Er wollte von diesem Autositz verschwinden und sich nie wieder an irgendeines der idiotischen Dinge erinnern, die er noch einen Augenblick zuvor gedacht hatte. Dies war nun der erste bleibende Schritt gewesen, mit dem die bloße Möglichkeit aufhörte, und es war der falsche gewesen, der schlimmst mögliche. Es war grotesk. Bevor er jedoch seine Lippen lösen konnte, merkte er, daß Josephine Belliard etwas sagte, mit ihren Lippen an seinen Lippen sprach, fast lautlos, und daß sie, indem sie ihm keinen Widerstand leistete, ihn in der Tat küßte, daß sich ihr Gesicht beinahe unbewußt seinen Absichten unterwarf. Was sie die ganze Zeit sagte, während Austin ihren dünnen Mund küßte, war – flüsternd, beinahe im Traum – »*Non, non, non, non, non.* Bitte. Ich kann nicht. Ich kann nicht. Nein, nein.«

Sie hörte aber nicht auf. »Nein« war nicht exakt das, was sie meinte. Sie öffnete ihre Lippen leicht in einer Geste des Erkennens. Und nach einem Moment, einem langen, schwebenden Moment, zog Austin sich langsam von ihren Lippen zurück, sank in seinen Sitz und holte tief Luft, legte die Hände wieder in den Schoß und ließ den Kuß den Raum zwischen ihnen ausfüllen, den er irgendwie mit Worten auszufüllen gehofft hatte. Etwas Unerwarteteres und Verlockenderes hätte aus seinem Wunsch, das Richtige zu tun, gar nicht entstehen können.

Sie holte nicht hörbar Luft. Sie saß einfach nur so da, wie sie dagesessen hatte, bevor er sie geküßt hatte, und sagte nichts. Sie schien auch nicht irgend etwas im Sinn zu haben, was sie sagen wollte. Die Situation war fast so wie die, bevor er sie geküßt hatte, nur *daß* er sie geküßt hatte – sie hatten sich geküßt –, und das änderte die Sache vollkommen.

»Ich würde dich gern morgen wiedersehen«, sagte Austin sehr entschlossen.

»Ja«, sagte Josephine beinahe kummervoll, als ob sie nicht anders konnte, als dem zuzustimmen. »Okay«

Und er war zufrieden, daß es nichts mehr zu sagen gab. Es war, wie es sein sollte. Nichts konnte mehr schiefgehen. »Gute Nacht«, sagte Austin mit derselben Entschlossenheit wie zuvor. Er öffnete die Wagentür und zog sich hinaus auf die Straße.

»Okay«, sagte sie. Sie sah nicht zur Tür hinaus, obwohl er sich noch einmal in die Öffnung hinunterbeugte und sie ansah. Sie hatte die Hände auf dem Lenkrad, starrte geradeaus und sah eigentlich nicht anders aus als fünf Minuten zuvor, als sie angehalten hatte, um ihn aussteigen zu lassen – etwas müde vielleicht.

Er wollte noch ein gutes Wort sagen, das helfen könnte, was sie in diesem Augenblick spürte, ins Lot zu bringen – nicht, daß er auch nur eine Ahnung davon hatte, was in ihr vorging. Sie war undurchdringlich für ihn, vollkommen undurchdringlich, und es war nicht einmal sehr interessant. Und alles, was ihm zu sagen einfiel, war ein Satz, der so albern war, wie der vorige fatal. »Zwei Menschen sehen nicht dieselbe Landschaft.« Das waren die schrecklichen Worte, die er im Kopf hatte, auch wenn er sie nicht aussprach. Er lächelte sie bloß an, richtete sich auf, drückte die Tür fest zu und trat langsam zurück, so daß Josephine wenden und die rue de Mezières hinauffahren konnte. Er blickte ihr nach, wie sie wegfuhr, aber er konnte erkennen, daß sie ihn nicht im Rückspiegel ansah. Es war, als würde er von einem Augenblick auf den anderen überhaupt nicht mehr existieren.

2 Es stellte sich heraus, daß die Straße, von der Austin gehofft hatte, es sei die rue de Vaugirard, die einen Bogen um Josephines Wohnung beschrieb und an ihr vorbeiführte, die rue St. Jacques war. Er war viel zu weit gegangen und befand sich in der Nähe der Medizinhochschule, wo es nur unbeleuchtete Schaufenster gab, in denen triste medizinische Fachbücher auslagen und staubige, vergessene Antiquitäten.

Er kannte Paris nicht gut – nur ein paar Hotels, in denen er gewohnt hatte, und ein paar Restaurants, in denen er nicht wieder essen wollte. Er konnte die verschiedenen *arrondissements* nicht auseinanderhalten, wußte nicht, in welcher Richtung irgendein Ort im Verhältnis zu einem anderen lag oder wie man mit der Metro fuhr, oder auch nur, wie man aus der Stadt herauskam, wenn man nicht das Flugzeug nahm. All die großen Straßen sahen für ihn gleich aus und stießen in verwirrenden Winkeln aufeinander, und all die berühmten Sehenswürdigkeiten schienen an unerwarteten Stellen zu stehen, wenn sie über Häuserdächer hinweg ins Blickfeld gerieten. Während der zwei Tage, in denen er nun wieder in Paris war – nachdem er in einem Anfall von Zorn sein Haus verlassen und das Flugzeug nach Orly genommen hatte –, hatte er sich vorgenommen, sich wenigstens zu merken, in welcher Richtung auf dem Boulevard St. Germain die Hausnummern zunahmen. Aber er kam immer durcheinander, und er konnte nicht einmal immer den Boulevard St. Germain finden, wenn er es wollte.

In der rue St. Jacques blickte er dorthin, wo er den Fluß und die Petit Pont vermutete, und da waren sie auch. Es war ein warmer Frühlingstag, und auf den Trottoirs am Flußufer drängten sich auf beiden Seiten Touristen, die an den kleinen Ständen der Bouquinisten entlangbummelten und die riesige Kathedrale auf der anderen Seite anglotzten.

Der Blick die rue St. Jacques entlang schien für einen Augenblick vertraut – eine Apothekenfassade, die er wiedererkannte, ein Café mit einem einprägsamen Namen. Horloge. Er sah noch einmal in die Straße zurück, aus der er gekommen war, und bemerkte, daß er nur noch einen halben Block von dem kleinen Hotel entfernt war, in dem er einmal mit Barbara gewohnt hatte. Das Hotel de Tour de Notre Dame, das mit der Aussicht auf die große Kathedrale geworben hatte, aber von dem aus eine solche Aussicht gar nicht möglich war. Das Hotel wurde von Pakistanis geführt, und die Zimmer waren so klein, daß man nicht gleichzeitig den Koffer öffnen und an das Fenster gelangen konnte. Er hatte Barbara mit auf eine Geschäftsreise genommen – das war jetzt vier Jahre her –, und sie war einkaufen gegangen und hatte Museen besichtigt und am Quai de la Tournelle zu Mittag gegessen, während er seine Kunden aufgesucht hatte. Sie waren so lange wie möglich unterwegs gewesen, bis die Erschöpfung sie in ihrem winzigen Zimmer in die Betten sinken ließ, vorm unentzifferbaren französischen Fernsehen, das sie schließlich in den Schlaf lullte.

Austin erinnerte sich nun, als er unterwegs zu Josephine Belliards Wohnung auf dem belebten Trottoir stand, sehr deutlich daran, daß Barbara und er Paris am ersten April verlassen hatten – und zwar mit einem Direktflug nach Chicago. Nur, als sie sich mit ihrem schweren Gepäck aus dem Zimmer gekämpft, sich in den winzigen stickigen Fahrstuhl gezwängt hatten und in die Lobby heraustraten, um ihre Rechnung zu bezahlen und abzureisen – sie wirkten wie gequälte Flüchtlinge –, blickte der pakistanische Empfangschef, der ein schneidiges britisches Englisch sprach, aufgeregt über den Rezeptionstresen und sagte: »Oh, Mr. Austin, mir scheint, daß Sie bedauerlicherweise die schlechten Nachrichten noch nicht gehört haben.«

»Was sagen Sie da?« hatte Austin gesagt. »Was für schlechte Nachrichten?« Er sah Barbara an, die einen Kleidersack und eine Hutschachtel hielt, und sagte sich, daß er keine schlechten Nachrichten hören wollte.

»Es gibt einen ziemlich schlimmen Streik«, sagte der

Empfangschef und sah sehr bekümmert aus. »Der Flughafen ist geschlossen. Niemand kann Paris heute verlassen. Und wir haben, es tut mir leid, das sagen zu müssen, Ihr Zimmer bereits an einen anderen Gast vergeben. Einen Japaner. Es tut mir so leid, so leid.«

Austin stand inmitten seiner Koffer. Während ein Gefühl von Niederlage und Frustration und Zorn, das auszudrücken natürlich sinnlos war, sich schwer auf ihn legte. Er starrte aus dem Hotelfenster auf die Straße. Der Himmel war bewölkt, und es wehte ein kalter Wind. Er hörte, wie Barbara hinter ihm eher zu sich selbst, aber auch zu ihm sagte: »Ach, macht nichts. Wir kriegen das schon hin. Wir werden was anderes finden. Es ist einfach Pech. Vielleicht wird's noch ein Abenteuer.«

Austin sah den Empfangschef an, einen kleinen braunen Mann mit ordentlich gekämmtem schwarzem Haar und einem weißen Baumwolljackett, der hinter dem Marmortresen stand. Er lächelte Austin an. Dies alles war ihm ganz gleichgültig, das wußte Austin; daß sie nicht wußten, wo sie hinsollten; daß sie Paris satt hatten; daß sie zuviel Gepäck mitgenommen und zuviel eingekauft hatten; daß sie jede Nacht schlecht geschlafen hatten; daß das Wetter umschlug und kälter wurde; daß sie kein Geld mehr hatten und die arroganten Franzosen nicht mehr ausstehen konnten. Nichts davon berührte diesen Mann – irgendwie, das fühlte Austin, hatte es ihm vielleicht sogar Vergnügen bereitet, soviel Vergnügen, daß er lächelte.

»Was ist so verdammt lustig?« hatte Austin zu dem kleinen Mann vom Subkontinent gesagt. »Warum bereitet

Ihnen mein Pech so ein verdammtes Vergnügen?« Er würde jetzt seinen ganzen Zorn auf diesen Mann konzentrieren. Er konnte nicht anders. Der Zorn konnte es auch nicht mehr schlimmer machen. »Ist es Ihnen egal, daß wir Gäste dieses Hotels sind und daß wir hier nun ziemlich in der Klemme stecken?« Er hörte in seiner eigenen Stimme einen flehenden Ton.

»April, April!« sagte der Empfangschef und brach in ein quiekendes hohes Gelächter aus. »Ha, ha, ha, ha, ha, ha, ha. Es ist nur ein Scherz, Monsieur«, sagte der Mann, der jetzt sehr zufrieden mit sich selbst war, noch zufriedener als in dem Augenblick, als er Austin die Lüge erzählt hatte. »Auf dem Flughafen ist alles in Ordnung. Er ist geöffnet. Sie können fliegen. Es gibt keine Störungen. Es ist alles in Ordnung. Es war nur ein Scherz. Bon voyage, Mr. Austin. Bon voyage.«

3 Die folgenden zwei Tage, nachdem sie ihn um Mitternacht auf der Straße hatte stehenlassen, nachdem er sie zum ersten Mal geküßt und das Gefühl gehabt hatte, etwas absolut Richtiges getan zu haben, war Austin sehr oft mit Josephine Belliard zusammen. Er hatte vorgehabt, mit dem TGV nach Brüssel zu fahren, dann weiter nach Amsterdam und von dort nach Chicago zu fliegen und nach Hause. Aber am nächsten Morgen schickte er seinen Kunden und seiner Firma eine Mitteilung, in der er über »gesundheitliche Probleme« klagte, die un-

erklärlicherweise wieder aufgetreten seien, wobei er das Gefühl habe, daß es »nichts Ernstes« sei. Er würde seine Geschäfte per Fax abschließen, wenn er nächste Woche wieder zu Hause sei. Barbara erzählte er, daß er beschlossen habe, ein paar Tage länger in Paris zu bleiben – einfach, um sich auszuruhen, um Dinge zu unternehmen, für die er sich noch nie Zeit genommen hatte. Vielleicht das Haus von Monet besuchen, sagte er. Wie ein Tourist durch die Straßen wandern. Ein Auto mieten. Nach Fontainebleau fahren.

Mit Josephine Belliard, so beschloß er, würde er jede freie Minute verbringen. Er glaubte nicht einen Augenblick lang, daß er sie liebte, oder daß die Tatsache, daß sie sich gegenseitig Gesellschaft leisteten, für ihn oder sie zu irgend etwas wirklich Wichtigem führen würde. Er war verheiratet; er konnte ihr nichts geben; sich über so etwas hinwegzutäuschen, würde nur Ärger bringen – die Art von Ärger, über den man sich hinwegsetzte, wenn man jünger war, den man aber, wenn man älter war, nur auf eigene Gefahr ignorieren konnte. Angesichts von solchem Ärger zu zaudern, das fühlte er, war wahrscheinlich eine Tugend.

Aber sonst tat er alles, was er nur konnte. Sie gingen zusammen ins Kino. Sie gingen ins Museum. Sie besuchten Notre Dame und den Palais Royal. Sie spazierten zusammen durch die schmalen Straßen des Faubourg St. Germain. Sie blieben vor Schaufenstern stehen. Sie verhielten sich wie ein Liebespaar. Berührten sich. Sie erlaubte ihm, ihre Hand zu halten. Sie wechselten wissende Blicke. Er wußte, worüber sie lachen mußte, er hörte genau auf die kleinen Dinge, bei denen sie stolz und verletzbar reagierte. Sie verhielt sich so, wie sie es schon vorher getan hatte – sie schien nicht interessiert, aber willig –, als ob das alles seine Idee war und ihre Pflicht, aber eine Pflicht, die ihr überraschenderweise gefiel. Austin hatte das Gefühl, daß gerade diese Zurückhaltung sie attraktiv, unwiderstehlich machte und ihn in einer Weise um sie werben ließ, daß er seine eigene Intensität bewundern mußte. Er führte sie zweimal zum Essen in teure Restaurants aus, begleitete sie in ihre Wohnung, lernte ihren Sohn und die Frau vom Lande kennen, die sie dafür bezahlte, daß sie unter der Woche auf den Sohn aufpaßte, sah, wo sie wohnte, schlief, aß, blickte aus dem Fenster ihrer Wohnung auf den Jardin du Luxembourg und hinunter auf die friedlichen Straßen ihres Viertels. Er betrachtete ihr Leben, das ihn, wie er selbst feststellte, neugierig machte und das ihm, als er seine Neugier befriedigte, das Gefühl gab, als ob er etwas geleistet hätte, etwas, was nicht leicht zu machen und außergewöhnlich war.

Sie erzählte ihm nicht viel mehr von sich selbst und stellte ihm auch keine Fragen, als ob sein Leben für sie nicht zählte oder ganz einfach nicht existierte. Sie erzählte ihm, daß sie einmal in Amerika gewesen war, einen Musiker in Kalifornien kennengelernt und beschlossen hatte, mit ihm zusammenzuleben in seinem kleinen Holzhaus am Strand von Santa Cruz. Das war in den frühen siebziger Jahren gewesen. Sie war damals ein Teenager. Eines Tages aber – es war nach vier Monaten – erwachte sie morgens im Flur auf einer Matratze, mit einem gegerbten Kuhfell als Decke, stand auf, packte ihre Tasche und ging.

»Dies war zuviel«, sagte Josephine, saß auf dem Fenstersims ihres Appartements, blickte in die Dämmerung hinaus und auf die Straßen, wo Kinder mit einem Fußball kickten. Der Musiker sei verstört und wütend gewesen, sagte sie, aber sie sei nach Frankreich und in das Haus ihrer Eltern zurückgekehrt. »Man kann nicht lange dort leben, wo man nicht hingehört. Stimmt nicht?« Sie sah ihn an und zog die Schultern hoch. Er saß in einem Sessel, trank ein Glas Rotwein, betrachtete die Dächer, genoß den Anblick, wie das goldbraune Licht auf den feinen Schnörkeln der Karniese des Appartementgebäudes gegenüber spielte. Vom Plattenspieler ertönte leise Jazz. Ein verschlungenes Saxophonsolo. »Stimmt nicht, nein?« sagte sie. »Man kann nicht.«

»Ganz richtig«, sagte Austin. Er war in Peoria, Illinois, aufgewachsen. Er wohnte jetzt im Nordwesten Chicagos. Er hatte eine staatliche Universität besucht. Er hatte das Gefühl, daß sie absolut recht hatte, obwohl er nichts Falsches darin erblickte, in diesem Augenblick hier zu sein, das Sonnenlicht zu genießen, während es allmählich verblaßte und dann von den Dächern der Häuser verschwand, die er vom Zimmer dieser Frau aus sehen konnte. Es schien erlaubt. Es schien perfekt.

Sie erzählte ihm von ihrem Ehemann. Sein Bild hing an der Wand in Leos Zimmer – ein knollennasiger, dunkelhäutiger Jude mit einem dicken schwarzen Schnurrbart, der ihn wie einen Armenier aussehen ließ. Etwas enttäuschend, hatte Austin gedacht. Er hatte sich Bernard als gutaussehenden, glatthäutigen Louis-Jourdan-Typ vorgestellt, der nur den fatalen Makel hatte, daß er langweilig war. Der wirkliche Mann sah so aus, wie er auch war – ein Mann, der alberne französische Radiospots schrieb.

Josephine sagte, ihre Affäre habe ihr bewiesen, daß sie ihren Mann nicht liebte, obwohl sie es vielleicht einmal getan hatte, und daß es vielleicht für manche Leute möglich war, mit jemandem zusammenzuleben, den sie nicht liebten, für sie aber nicht. Sie sah Austin wieder an, so als wolle sie diesen Punkt unterstreichen. Das entsprach natürlich nicht dem, wie sie anfangs ihre Gefühle für ihren Mann erklärt hatte, als sie sagte, daß sie geglaubt habe, sie könne ihr gemeinsames Leben nach der Affäre wiederaufnehmen, nur, daß ihr Ehemann inzwischen ausgezogen war. Es war vielmehr das, was sie jetzt fühlte, dachte Austin, und die Wahrheit lag mit Sicherheit irgendwo in der Mitte. Auf jeden Fall hatte es für ihn keine Bedeutung. Sie sagte, daß ihr Ehemann ihr jetzt sehr wenig Geld gab, seinen Sohn nur selten besuchte, daß man ihn mit einer neuen Freundin gesehen hatte, einer Deutschen, und daß er natürlich ein furchtbares Buch geschrieben hatte, das alle, die sie kannte, lasen, was sie sehr verletzte und ihr sehr peinlich war.

»Aber«, sagte sie und schüttelte den Kopf, als ob sie genau diese Gedanken wegschütteln wollte. »Was soll ich machen, ja? Ich lebe jetzt mein Leben, hier, mit meinem Sohn. Ich muß noch fünfundzwanzig Jahre arbeiten, dann bin ich durch damit.«

»Vielleicht kommt ja mal etwas Besseres«, sagte

Austin. Er wußte nicht, was das sein würde, aber er mochte es nicht, daß sie so pessimistisch war. Es war so, als ob sie ihm irgendwie die Schuld dafür gab, was er für typisch französisch hielt. Eine etwas hoffnungsvollere amerikanische Sicht der Dinge konnte, dachte er, nicht schaden.

»Was ist das? Was wird besser sein?« sagte Josephine, und sie sah ihn nicht gerade verbittert, aber doch hilflos an. »Was wird passieren? Sag es mir. Ich möchte es wissen.«

Austin stellte sein Weinglas vorsichtig auf den polierten Fußboden, erhob sich vom Sessel und ging zu dem offenen Fenster hinüber, in dem sie saß und unter dem die Straße allmählich in ein körniges Dunkel fiel. Der dumpfe Aufprall eines Fußballs war zu hören, den irgend jemand immer noch wieder und wieder ziellos gegen eine Wand kickte, und etwas leiser das Geräusch eines Motors, der einen Block weiter hochgejagt wurde. Austin legte die Arme um ihre Arme, drückte den Mund auf ihre kühle Wange und hielt sie ganz fest an sich gepreßt.

»Vielleicht erscheint plötzlich jemand, der dich liebt«, sagte Austin. Er wollte sie ermutigen, und er wußte, daß sie das wußte und es nicht falsch verstehen würde. »Es wäre nicht schwer, dich zu lieben. Überhaupt nicht«, sagte er und drückte sie noch fester an sich. »Es wäre sogar«, sagte er, »sehr leicht, dich zu lieben.«

Josephine ließ sich an ihn heranziehen, ließ sich umschlingen. Ihr Kopf sank an seine Schulter. Es war gefährlich, dort, wo sie war, dachte Austin, im Fenster, mit einem Mann, der sie festhielt. Er konnte die kühle Luft von draußen auf seinen Handrücken und an seinem Gesicht spüren, halb drinnen, halb draußen, wie er da stand. Es war aufregend, auch wenn Josephine die Arme nicht um ihn legte und seine Berührung in keiner Weise so erwiderte, daß es irgendeinen Unterschied gemacht hätte, sondern ihm nur gestattete, sie zu halten, als ob es ganz einfach sei, ihm zu gefallen, und es ihr überhaupt nichts bedeutete.

An diesem Abend ging er zum Essen mit ihr ins Closerie des Lilas, ein berühmtes Restaurant, in dem Schriftsteller und Künstler während der Zwanziger häufig verkehrt hatten – ein helles, lautes Lokal mit viel Glas, wo sie Champagner tranken, Hand in Hand da saßen, aber nicht viel redeten. Sie schienen sich allmählich nichts mehr zu sagen zu haben. Das Naheliegendste und Natürlichste wären Themen gewesen, die mit ihnen beiden zu tun hatten, Themen, in denen irgendeine Zukunft lag. Aber Austin würde am nächsten Morgen abreisen, und jene Themen mit Zukunft schienen keinen von ihnen zu interessieren, obwohl Austin fühlen konnte, wie sie in ihm arbeiteten, und er sich unter der Oberfläche unverrückbarer Tatsachen vorstellen konnte, daß es vielleicht eine Zukunft für sie gab. Unter anderen, besseren Umständen wären sie natürlich ein Liebespaar, würden sofort damit anfangen, mehr Zeit miteinander zu verbringen, würden sehen, ob es zwischen ihnen etwas zu sehen gab. Austin verspürte den heftigen Drang, ihr genau diese Dinge zu sagen, während sie schweigend bei ihrem Champagner saßen, einfach vorzupreschen, das alles von seiner Seite auf den Tisch zu legen und zu sehen, womit sie antwortete. Aber der Lärm in dem Restaurant war zu groß. Einmal setzte er an zu sprechen, aber die Worte klangen, als seien sie zu laut gesagt worden. Und solche Worte waren dies eben nicht. Es waren wichtige Worte, die man voller Respekt sprechen mußte, sogar ernst, mit ihrer unvermeidlichen, gleichsam eingebauten Andeutung von Verlust.

Aber diese Worte gingen ihm nicht aus dem Kopf, während sie die kurze Strecke zur rue de Mezières zurückfuhr, zur Straßenecke, wo sie ihn am ersten Abend abgesetzt hatte. Die Worte schienen den rechten Moment verpaßt zu haben. Sie brauchten einen anderen Kontext, eine gehaltvollere Situation. Sie im Dunkeln, in einem schäbigen Opel bei laufendem Motor, im Moment des Abschieds zu sagen, würde ihnen eine sentimale Gewichtigkeit verleihen, die sie nicht haben sollten, da sie, trotz des ihnen gleichsam eingebauten Kummers, von Optimismus zeugten.

Als Josephine anhielt, das Tor zum Hotel war nur ein paar Schritte entfernt, ließ sie die Hände auf dem Lenkrad liegen und starrte geradeaus, genauso wie zwei Abende zuvor. Sie bot ihm nichts an, kein Wort, keine Geste, nicht einmal einen Blick. Für sie war dieser Abend – dieser letzte Abend, der Abend, bevor Austin wieder nach Chicago flog, nach Hause, zu seiner Frau, um nie wiederzukehren und niemals wieder da anzuknüpfen, wo sie in diesem Augenblick waren –, war dieser Abend ganz wie der erste, ein Abend, den Josephine in dem Augenblick vergessen würde, in dem die Autotür zuschlug und ihre Scheinwerfer in die leere Straße hineinbogen, die sie nach Hause führte.

Austin sah aus ihrem Fenster auf das rustikale hölzerne Hoteltor, hinter dem ein mit Farnen bewachsener, auf Fußhöhe beleuchteter Innenhof lag, dann die doppelten Glastüren, dann die Lobby, dann die Treppe, die zwei Stockwerke hoch zu seinem kleinen Zimmer führte. Er wollte sie dorthin mitnehmen, die Türe zuschließen, die Vorhänge zuziehen und sie bis zum Morgen trauervoll lieben, eigentlich, bis er ein Taxi zum Flughafen bestellen mußte. Aber das wäre das Falsche gewesen, nachdem sie ohne Komplikationen soweit gekommen waren, ohne größere Verwirrung, ohne daß sie beide Verletzungen erlitten hätten. Man *konnte* verletzt werden, wenn man sich mit ihm einließ, dachte Austin. Sie wußten es beide, und man mußte es nicht aussprechen. Sie dachte sowieso nicht daran, mit ihm zu schlafen. Für sie hieß nein wirklich nein. Und das waren in diesem Fall die besten Regeln.

Austin saß da, die Hände im Schoß, und sagte nichts. Genauso hatte er sich diesen Augenblick des Abschieds vorgestellt. Melancholisch in seinem Fall. Kalt in ihrem. Er hatte nicht vor, sich hinüberzubeugen und ihre Hände zu nehmen, wie er es zuvor getan hatte. So etwas wurde zur Schauspielerei, wenn man es ein zweites Mal tat, und er hatte sie bereits viele Male so berührt – liebevoll, unschuldig, ohne mehr erreichen zu wollen als vielleicht einen kurzen, zarten Kuß. Er würde bei diesem Mal – dem letzten Mal – alles so geschehen lassen, wie sie es wollte, und nicht wie er.

Er wartete. Er dachte, daß Josephine Belliard vielleicht etwas sagen würde, etwas Ironisches oder Kluges oder Kaltes oder ganz Gewöhnliches, etwas, was ihre kleine Regel des Schweigens bräche und worauf er dann antworten und vielleicht ein letztes gutes Wort äußern könnte, etwas, was sie beide durcheinanderbringen und aufwühlen und mit der Gewißheit zurücklassen würde, daß ein kurzer, aber wichtiger Moment nicht versäumt worden war. Aber sie sagte nichts. Sie wollte auf keinen Fall, daß es etwas gab, was sie veranlassen würde, sich anders zu verhalten als gewöhnlich. Und Austin wußte, daß, wenn er, ohne auch nur auf Wiedersehen zu sagen, einfach ausstiege, sie sofort wegfahren würde. Vielleicht hatte ihr Ehemann deshalb ein Buch über sie geschrieben, dachte Austin. Zumindest war er nun sicher, daß er ihre Aufmerksamkeit auf sich gezogen hatte.

Josephine schien darauf zu warten, daß der Sitz neben ihr leer wurde. Austin schaute im Dunkel des Autos zu ihr hinüber, und sie sah ihn kurz an, sagte aber nichts. Das war ärgerlich, dachte Austin; ärgerlich und dumm und französisch, sich so vor der Welt zu verschließen, so wenig willens zu sein, einen süßen und freien Augenblick des Glücks anzunehmen – wo es Glück nicht gerade an jeder Straßenecke gab. Er spürte, daß er kurz davor war, wütend zu werden, nichts mehr zu sagen und einfach auszusteigen und wegzugehen. »Weißt du«, sagte Austin, gereizter, als es klingen sollte. »Wir könnten Geliebte sein. Wir interessieren uns füreinander. Dies ist für mich nicht bloß eine Ablenkung. Dies ist das richtige Leben. Ich mag dich. Du magst mich. Ich wollte das bloß in irgendeiner Weise ausnutzen, damit du dich freust, damit du mal lächelst. Sonst nichts. Ich muß nicht mit dir schlafen. Das würde mich genauso in Schwierigkeiten bringen wie dich. Aber das ist doch kein Grund, daß wir uns nicht einfach mögen können.« Er blickte sie in der Dunkelheit des Autos forschend an, ihre Silhouette zeichnete sich sanft vor dem Licht über dem Tor des Hotels auf der anderen Straßenseite ab. Sie sagte nichts. Aber er meinte, ein leises Lachen zu hören, kaum mehr als ein Ausatmen, das, wie er annahm, ausdrücken sollte, was sie über all das, was er gesagt hatte, dachte. »Tut mir leid. Wirklich«, sagte Austin wütend und drehte seine Knie zur Tür, um auszusteigen.

Aber Josephine legte die Hand auf sein Handgelenk und hielt ihn zurück, sah ihn nicht an, sondern sprach zur kalten Windschutzscheibe. »Ich bin nicht so stark genug«, flüsterte sie und drückte sein Handgelenk.

»Wofür?« sagte Austin, ebenfalls flüsternd, mit einem Fuß schon auf dem Straßenpflaster, sich aber in der Dunkelheit zu ihr hinwendend.

»Ich bin nicht so stark genug, um etwas mit dir zu haben«, sagte sie. »Nicht jetzt.« Sie sah ihn an, mit sanften großen Augen, ihre eine Hand hielt sein Handgelenk, die andere lag, halb gekrümmt, in ihrem Schoß.

»Meinst du, du fühlst nicht stark genug oder bist du selbst nicht stark genug?« sagte Austin, mit einem immer noch etwas anmaßenden Tonfall, was er aber in Ordnung fand.

»Ich weiß es nicht«, sagte Josephine. »Es ist immer noch sehr verwirrend für mich jetzt. Es tut mir leid.«

»Na ja, das ist besser als nichts«, sagte Austin. »Wenigstens hast du mir soviel gegeben. Das macht mich froh.« Er streckte die Hand aus und drückte ihr Handgelenk an der Stelle, wo sie sein Handgelenk immer noch festhielt. Dann kletterte er aus dem Wagen auf die Straße. Sie faßte nach dem Schaltknüppel und legte mit einem lauten Ratschen den Gang ein.

»Wenn du wiederkommst«, sagte sie mit heiserer Stimme durch die offene Tür, »ruf mich an.«

»Natürlich«, sagte Austin, »ich rufe dich an. Ich wüßte nicht, was ich sonst in Paris tun sollte.«

Er drückte die Wagentür fest zu, und sie fuhr an, wobei ihre Reifen auf den feuchten Steinen durchdrehten. Austin ging über die Straße zum Eingangstor des Hotels, ohne sich nach ihren Rücklichtern umzusehen, während sie verschwanden.

Um ein Uhr nachts, als es in Chicago sechs Uhr abends war, hatte er Barbara angerufen, und sie hatten sich beinahe richtig gestritten. Das machte Austin wütend, denn als er die Nummer gewählt hatte, seine eigene vertraute Nummer, und das vertraute Klingeln gehört hatte, war er glücklich gewesen – glücklich, daß es nur noch ein paar Stunden waren, bis er Paris verlassen würde, glücklich, nach Hause zu kommen und nicht bloß irgendeine Ehefrau zu haben, zu der er nach Hause kam, sondern diese Ehefrau – Barbara, die er liebte und verehrte; glücklich auch, daß er den »Kontakt« mit Josephine Belliard erwirkt hatte (das war jetzt das Wort, das er dafür gebrauchte; anfangs war es »rapprochement« gewesen, aber das war schnell etwas anderem gewichen); glücklich, daß es keine Konsequenzen gab, die er fürchten mußte – keine falschen Versprechungen, die zu falschen Hoffnungen veranlaßten, keine tränenreichen Abschiede, kein Gefühl, daß es Verpflichtungen gab, die ihn fesseln könnten, oder daß er bis zum Hals in der Sache drinsteckte. Keinen Schaden, der begrenzt werden mußte.

Was nicht heißen sollte, daß nichts passiert war, denn es war eine Menge passiert – Dinge, von denen sie beide, Josephine und er, wußten und die auch zum Ausdruck gekommen waren, als sie im Auto sein Handgelenk hielt und zugab, daß sie nicht stark genug oder daß etwas zu stark für sie war.

Was will man mehr in der Welt, dachte Austin in dieser Nacht, an das Kopfteil des Bettes in seinem Zimmer gelehnt, während er ein Glas Champagner aus der Mini-Bar trank. Er trug seine blaue Pyjamahose, lag barfuß auf der Bettdecke und starrte quer durchs Zimmer auf sein eigenes Abbild in dem rauchigen Spiegel, der eine ganze Wand einnahm – ein Mann in einem Bett mit einer angeknipsten Nachttischlampe neben sich, ein Glas auf seinem Bauch. Was wünscht man sich am allermeisten, wenn man viel erlebt, auch ein wenig gelitten hat, durchgehalten hat, wenn man versucht hat, Gutes zu tun, wenn das Gute in Reichweite war? Was lehrt uns diese Erfahrung, wie können wir aus ihr profitieren? Daß die Erinnerung an den Schmerz wächst, dachte Austin, und sich allmählich als signifikante Last auf die Gegenwart legt – eine ernüchternde Last –, und was man unter diesen Voraussetzungen entdecken muß, ist, was dann noch möglich, aber auch kostbar und erstrebenswert ist zwischen Menschen, ohne daß sich viel ereignet.

Nicht gerade leicht, dachte Austin. Mit Sicherheit konnte das nicht jeder. Aber Josephine Belliard und er hatten es in einem zugegeben kleinen Rahmen geschafft, den Punkt gefunden, wo die Folgen ihres Kontakts nur positiv für beide waren. Kein Schaden. Keine Verwirrung. Dennoch nicht ohne Bedeutung. Natürlich war ihm klar, daß Josephine, wenn es nach ihm gegangen wäre, jetzt neben ihm im Bett läge; aber in weiß Gott was für einem aufgewühlten Zustand, während die Nachtstunden verstrichen und Sex die einzige Hoffnung auf Befriedigung war. Es war ein unangenehmer Gedanke. Genau da fing der Ärger an, und nichts wäre gewonnen gewesen – nur verloren. Aber sie beide hatten einen besseren Weg gefunden, was dazu geführt hatte, daß er jetzt allein in seinem Zimmer und mit allem recht zufrieden war. Er fühlte sich sogar tugendhaft. Er hob beinahe das Glas, um sich selbst im Spiegel zuzuprosten, bloß kam ihm das ein wenig lächerlich vor.

Er wartete eine Weile, bevor er Barbara anrief, denn er dachte, Josephine könne anrufen – eine schläfrige mitternächtliche Stimme aus dem Bett, eine Gelegenheit für sie, ihm noch irgend etwas zu sagen, irgend etwas Interessantes, vielleicht Ernstes, etwas, was sie nicht hatte sagen wollen, als sie zusammen im Auto saßen und einander berühren konnten.

Aber sie rief nicht an, und Austin ertappte sich dabei, auf das fremd aussehende Telefon zu starren, als wollte er es kraft seines Willens zum Klingeln bringen. Er hatte schon mehrere Minuten lang in Gedanken ein Gespräch zwischen sich und Josephine durchgespielt:

Er wünschte sich, daß sie jetzt hier wäre – das wollte er ihr sagen, obwohl er bereits beschlossen hatte, daß das eher unangenehm wäre. Dennoch dachte er daran, wie sie schlafend in ihrem Bett lag, allein, und ihn beschlich ein hohles Gefühl von Übelkeit. Dann dachte er aus irgendeinem Grund daran, wie sie damals den jungen Mann kennengelernt hatte, mit dem sie die verheerende Affäre gehabt hatte, jene Affäre, die ihre Ehe zerstört hatte. Er nahm den Hörer ab, um zu sehen, ob das Telefon funktionierte. Dann legte er wieder auf. Dann nahm er den Hörer wieder ab und rief Barbara an.

»Was hast du heute abend gemacht, Schatz? Hast du dich gut amüsiert?« Barbara war gutgelaunt. Sie war in der Küche und machte sich etwas zum Abendessen. Er konnte Töpfe und Pfannen klappern hören. Er stellte sie sich vor, hochgewachsen und schön, voller Selbstvertrauen, was ihr Leben anging.

»Ich habe eine Frau zum Essen ausgeführt«, sagte Austin schlicht. Bei der Verbindung gab es keine zeitliche Verzögerung – es war, als würde er aus dem Büro anrufen. Aber irgend etwas irritierte ihn. Das Geräusch der Töpfe, dachte er. Die Tatsache, daß Barbara es für so wichtig hielt, ihr Abendessen zu kochen, daß sie einfach weitermachte, während sie mit ihm redete. Sein Gefühl der Tugendhaftigkeit erlosch allmählich.

»Na, das ist ja wunderbar«, sagte Barbara. »Jemand Besonderes oder bloß irgendeine, die du an der Straßenecke aufgegabelt hast, weil sie hungrig aussah?«

Sie meinte es nicht ernst.

»Eine Frau, die bei Editions Périgord arbeitet«, sagte Austin ernst. »Eine Lektorin.«

»Wie nett«, sagte Barbara, und eine Spur von Gereiztheit klang in ihrer Stimme durch. Er fragte sich, ob es in seiner Stimme auch so ein Signal gab, etwas, was sie aufhorchen ließ, wie sehr er auch versuchte, natürlich zu klingen, etwas, das sie im Laufe der Jahre schon mal gehört hatte und was nicht zu verbergen war.

»Es *war* nett«, sagte Austin. »Wir haben uns amüsiert. Aber morgen komme ich nach Hause.«

»Nun, wir warten auf dich«, sagte Barbara fröhlich.

»Wer ist wir?« sagte Austin.

»Ich. Und das Haus. Und die Pflanzen und die Fenster. Die Autos. Dein Leben. Wir warten alle mit einem breiten Lächeln auf unseren Gesichtern.«

»Das ist toll«, sagte Austin.

»Es *ist* toll«, sagte Barbara. Dann herrschte Schweigen in der Leitung – teures transozeanisches Schweigen.

Austin hatte das Gefühl, er müsse seine gute Laune wiederherstellen. Er hatte keinen Grund, wütend zu sein. Oder sich unwohl zu fühlen. Alles war in Ordnung. Barbara hatte nichts getan, er aber auch nicht.

»Wie spät ist es dort?« sagte sie beiläufig. Er hörte wieder einen Topf klappern, dann Wasser ins Waschbecken laufen. Sein Sektglas war warm geworden, der Sekt war schal und süß.

»Nach eins«, sagte er. »Ich bin jetzt müde. Ich habe morgen einen langen Tag.«
»Na, dann schlaf doch«, sagte Barbara.
»Danke«, sagte Austin.
Wieder herrschte Schweigen. »Wer ist diese Frau?« sagte Barbara mit einem scharfen Unterton.
»Bloß eine Frau, die ich kennengelernt habe«, sagte Austin. »Sie ist verheiratet. Sie hat ein Baby. Es ist einfach *la vie moderne*.«
»*La vie moderne*«, sagte Barbara. Sie schmeckte jetzt etwas ab. Was immer sie da kochte, schmeckte sie jetzt ab.
»Richtig«, sagte Austin. »Das moderne Leben.«
»Ich verstehe«, sagte Barbara. »*La vie moderne.* Das moderne Leben.« Sie schlug hart mit einem Löffel gegen den Pfannenrand.
»Freust du dich darüber, daß ich nach Hause komme?« sagte Austin.
»Natürlich«, sagte Barbara und hielt wieder inne, während er versuchte, sich in allen Einzelheiten den Ausdruck vorzustellen, der jetzt auf ihrem Gesicht lag. Alle Züge ihres recht schönen Gesichts schienen schmaler zu werden, wenn sie wütend wurde. Er fragte sich, ob sie jetzt schmal waren.
»Glaubst du«, sagte Barbara und versuchte, bloß neugierig zu klingen, »daß du mich heute abend möglicherweise für selbstverständlich genommen hast?« Schweigen. Sie kochte weiter. Sie war allein in ihrem gemeinsamen Haus, kochte für sich selbst, und er war in einem netten Hotel in Paris – einem früheren Kloster –

und trank Champagner im Pyjama. Da gab es schon eine gewisse Diskrepanz. Das mußte er zugeben. Obwohl es letztendlich nicht sehr viel bedeutete, da sie beide gut untergebracht waren. Aber sie tat ihm leid, es tat ihm leid, daß sie dachte, er nehme sie für selbstverständlich, da er nicht glaubte, daß er das tat; da er sie im Gegenteil liebte und sich sehr auf das Wiedersehen freute. Es tat ihm leid, daß sie nicht wußte, wie er sich in diesem Augenblick fühlte, wie sehr er sie achtete. Wenn sie das wüßte, dachte er, würde es sie glücklich machen.

»Nein«, sagte Austin, um schließlich ihre Frage zu beantworten, »ich glaube das nicht. Ich glaube das wirklich nicht. Glaubst du, daß ich so denke?«

»Nein? Dann ist alles in Ordnung«, sagte Barbara. Er hörte eine Schranktür zufallen. »Ich möchte nur nicht, daß du glaubst, daß du mich für selbstverständlich nimmst, das ist alles.«

»Warum müssen wir jetzt darüber reden?« sagte Austin wehleidig. »Ich komme morgen nach Hause. Ich freue mich darauf, dich zu sehen. Ich bin nicht wütend wegen irgend etwas. Warum bist du es?«

»Ich bin nicht wütend«, sagte Barbara. »Vergiß es. Es bedeutet nichts. Mir kommen bloß manchmal Gedanken, und dann sind sie wieder weg.« Wieder das Hämmern des Löffels.

»Ich liebe dich«, sagte Austin. Seine Ohrmuschel hatte zu schmerzen begonnen, weil er den Hörer mit der Schulter dagegengepreßt hielt.

»Gut«, sagte Barbara. »Schlaf ein mit dem Gefühl, daß du mich liebst.«

»Ich möchte mich nicht streiten.«

»Dann streite dich nicht«, sagte Barbara. »Vielleicht bin ich einfach schlecht gelaunt. Es tut mir leid.«

»Warum bist du wütend?« sagte Austin.

»Manchmal«, sagte Barbara. Dann hielt sie inne. »Ich weiß nicht. Manchmal kotzt du mich an.«

»Scheiße noch mal«, sagte Austin.

»Scheiße ist richtig. Scheiße«, sagte Barbara. »Es ist nichts, schlaf jetzt.«

»In Ordnung. Tu ich«, sagte Austin.

»Bis morgen, Schatz«, sagte Barbara.

»Klar«, sagte Austin und wollte, daß es beiläufig klang. Er begann, noch etwas zu sagen. Ihr noch einmal ganz beiläufig zu versichern, daß er sie liebte. Aber Barbara hatte aufgelegt. Austin saß in seinem Pyjama auf dem Bett und starrte sich selbst im rauchigen Spiegel an. Es war ein anderes Bild als vor dem Anruf. Er sah körnig, mißgestimmt aus, die Lichter neben seinem Bett wirkten grell, aufdringlich, sein Sektglas war fast leer, der Abend, den er gerade verbracht hatte, war nicht erfolgreich verlaufen, nicht eben vielversprechend, sogar ein wenig demütigend. Er sah aus, als ob er drogensüchtig wäre. Das war das wahre Bild, dachte er. Später, das wußte er, würde er anders denken, würde die Ereignisse in einem freundlicheren, schmeichelhafteren Licht sehen. Seine Laune würde sich bessern, so wie sie es immer tat, und er würde sich durch irgend etwas, ganz gleich, was, sehr, sehr ermutigt fühlen. Aber dies war der Zeitpunkt, die wahren Zeichen zu lesen, dachte er, wenn Ebbe war und alles freilag – man selbst –, wie man wirklich, tatsächlich war. *Das* war das wirkliche Leben, und er machte sich nichts vor. Es war dieses Bild, auf das man reagieren mußte.

Er saß trübsinnig auf dem Bett, trank den letzten Schluck warmen Champagner und dachte an Barbara, die allein zu Hause war und wahrscheinlich gerade etwas tat, um seine Ankunft am nächsten Nachmittag vorzubereiten – frische Blumen zu arrangieren oder schon jetzt ein Essen zu kochen, das er besonders gern mochte –, vielleicht war es das, was sie gerade getan hatte, als sie telefonierten, in welchem Fall er wirklich unrecht hatte, ärgerlich zu sein. Nachdem er eine Weile diesen Gedanken nachgehangen hatte, nahm er das Telefon und wählte Josephines Nummer. Es war zwei Uhr morgens. Er würde sie wecken, aber das wäre in Ordnung. Sie würde sich freuen, daß er es getan hatte. Er würde ihr die Wahrheit sagen – daß er sie einfach anrufen mußte, daß er an sie dachte, daß er wünschte, sie wäre hier bei ihm, daß er sie bereits vermißte, daß an dieser Sache mehr war, als es schien. Aber als er ihre Nummer wählte, war besetzt. Und es war auch nach fünf Minuten besetzt. Und nach fünfzehn Minuten. Und nach dreißig. Und dann knipste er die grelle Nachttischlampe neben dem Bett aus, legte den Kopf auf das frischbezogene Kissen und fiel schnell in den Schlaf.

4 Als er in der Nähe des Odéon mit entschlossenem Schritt die kleine Straße entlangging, die am Palais du Luxembourg endete, merkte Austin auf einmal, daß er mit leeren Händen bei Josephine eintreffen würde – ein klarer Fehler. Vielleicht wäre ein bunter Blumenstrauß eine gute Idee oder ein Spielzeug, ein kleines Geschenk, das Leo, auf den er für eine Stunde aufpassen sollte, während Josephine bei ihrem Anwalt war, ermuntern würde, ihn zu mögen. Leo war vier Jahre alt und übellaunig und verwöhnt. Er war blaß und hatte weiches, spärlich-dünnes dunkles Haar und dunkle, durchdringende Augen, und wenn er weinte – was häufig geschah –, weinte er laut und hatte die Angewohnheit, den Mund zu öffnen und ihn offenzulassen, damit soviel Lärm wie möglich herausdringen konnte, eine Gewohnheit, die die affenähnlichen Züge seines Gesichts betonte, die er mitunter mit Josephine zu teilen schien. Austin hatte Dokumentarfilme im Fernsehen gesehen, die Affen dabei zeigten, wie sie genau das gleiche taten, während sie auf ihren Bäumen saßen – immer, so schien es, gerade dann, wenn das Tageslicht schwand und eine weitere unwägbare Nacht anzubrechen begann. Möglicherweise war Leos Leben auch so. »Es ist wegen meiner Scheidung von seinem Vater«, hatte Josephine damals nüchtern gesagt, als er in ihrem Appartement gewesen war, damals, als sie Jazz gehört hatten und er dagesessen und das goldene Sonnenlicht auf den Karniesen des gegenüberliegenden Gebäudes bewundert hatte. »Es ist zu schwer für ihn. Er ist ein Kind. Aber ...« Sie zuckte mit den Schultern und begann, über etwas anderes nachzudenken.

Austin hatte keinen Blumenladen entdeckt, also überquerte er die Straße und ging zu einem schicken kleinen Geschäft, das Holzspielzeug im Schaufenster hatte: hölzerne Laster in leuchtenden Farben, von ausgeklügeltem akribischem Entwurf. Holztiere in leuchtenden Farben – Enten und Kaninchen und Schweine in grotesker Detailtreue. Sogar einen französischen Bauern mit rotem Halstuch und schwarzem Barett. Ein ganzes hölzernes Bauernhaus war sorgfältig nachgebaut mit Dachschindeln, kleinen Mansardenfenstern und quergeteilten Türen und kostete ein Vermögen – mehr, als er bezahlen wollte. Kinder waren in Ordnung, aber er hatte nie selbst welche haben wollen, und Barbara auch nicht. Es war der erste entscheidende Punkt gewesen, bei dem sie sich einig waren, damals in den Sechzigern im College, als er der Studentengruppe Lambda Chi angehörte und sie die Lambda-Chi-Schönheitskönigin war – der erste Grund, der sie annehmen lassen konnte, sie seien vielleicht füreinander gemacht. Jetzt war das Jahre her, dachte Austin – zweiundzwanzig Jahre –, und alles war vorübergeglitten, unerreichbar.

Der kleine Laden schien drinnen aber eine Menge hübscher Dinge zu haben, die sich Austin tatsächlich leisten konnte – eine hölzerne Uhr, deren Zeiger man selbst bewegte, eine hölzerne Kopie des Eiffelturms, ebenso wie eine des Arc de Triomphe. Es gab auch ein kleines Negerkind aus Holz, das eine winzige rote und eine winzige grüne Wassermelone aus Holz in den Händen hielt und mit leuchtend weiß gemalten Zähnen lächelte. Das kleine Negerkind erinnerte Austin an

Leo – ohne das Lächeln –, und er überlegte sich, es als Beispiel amerikanischer Volkskunst zu kaufen und Barbara mitzubringen.

In dem Laden schien die Verkäuferin zu glauben, daß er selbstverständlich dieses Stück wollte, und begann, es aus der Vitrine zu nehmen. Aber auf dem Ladentisch stand ein kleiner Weidenkorb mit bemalten Eiern, jedes für zwanzig Francs, und Austin nahm eines davon in die Hand, ein leuchtend grünes emailliertes Ei mit goldenem Paisleymuster aus perfekt gedrechseltem Balsaholz, das sich hohl anfühlte. Sie waren von Ostern übriggeblieben, dachte Austin, und vermutlich teurer gewesen. Es gab keinen Grund, weshalb Leo ein grünes Holzei mögen sollte, aber er mochte es, und Josephine würde es auch mögen. Wenn das Kind es einmal weglegte, weil es irgend etwas anderes vorzog, konnte Josephine es sich nehmen und es auf ihren Nachttisch legen oder auf ihren Schreibtisch im Büro und an ihn denken.

Austin bezahlte das hubbelige kleine Ei bei der Verkäuferin und ging zur Tür – er würde sich verspäten, weil er sich verlaufen hatte. Aber in dem Moment, als er die Glastür erreicht hatte, kam Josephines Ehemann herein, begleitet von einer hochgewachsenen, schönen, lebhaften blonden Frau, die braungebrannt war und dünne glänzende Beine hatte. Die Frau trug ein kurzes silberfarbenes Kleid, das ihre Hüften mit irgendeinem elastischen Stoff umhüllte, und sie wirkte auf Austin, der vollkommen überrascht danebenstand, reich. Josephines Ehemann – klein und gedrungen mit seinem dicken, dunklen, armenisch wirkenden Schnurrbart und seiner weichen dunklen Haut – war mindestens einen Kopf kleiner als die Frau und trug einen auf teure Weise formlosen schwarzen Anzug. Sie redeten miteinander in einer Sprache, die wie Deutsch klang, und Bernard – der Ehemann, der den schlüpfrigen Roman über Josephine geschrieben hatte und der ihr wenig Geld und seinem Sohn herzlich wenig Aufmerksamkeit gab, dessentwegen Josephine an eben diesem Nachmittag unterwegs sein würde, um die Scheidungsformalitäten zu erledigen –, Bernard war scheinbar entschlossen, in dem Laden ein Geschenk zu kaufen.

Bernard sah Austin kurz mißbilligend an. Seine kleinen, beinahe schwarzen Augen flackerten, als würde er ihn vage wiedererkennen. Obgleich es ein Wiedererkennen gar nicht geben konnte. Bernard wußte nichts von ihm, und es gab tatsächlich auch nichts zu wissen. Bernard hatte Austin mit Sicherheit noch nie zu Gesicht bekommen. Es war bloß seine Art, Leute so anzusehen, als hätte er ihre Telefonnummer und als mochte er sie nicht besonders. Warum, wunderte sich Austin, sollte das bei einem Mann eine attraktive Eigenschaft sein? Mißtrauen, Verachtung. Einer, der die Leute einschüchterte. Warum ein Arschloch wie ihn heiraten?

Austin blieb in der Ladentür stehen, sah von hinten in die Schaufensteranlage hinunter. Er musterte den kleinen hölzernen Eiffelturm und den Arc de Triomphe, sah, daß sie Teile eines ganzen kleinen Paris aus Holz waren, eines Bastelsatzes, mit dem ein Kind spielen und alles so aufstellen konnte, wie es ihm gerade einfiel. Eine hölzerne Notre Dame, einen hölzernen Louvre, einen Obélisque, ein Musée Pompidou, sogar ein kleiner hölzerner Odéon, wie der ein paar Schritte vom Laden entfernt. Die ganze Sammlung von Gebäuden war höllisch teuer – beinahe 3000 Francs –, aber man konnte die Stücke auch einzeln kaufen. Austin überlegte, ob er zusätzlich zu dem Emaille-Ei noch etwas kaufen sollte – ob er Josephine das Ei und Leo ein Miniaturgebäude geben sollte. Er stand da und starrte auf die kleine hölzerne Stadt hinunter, hinter der jenseits des Fensters die echte Stadt aus Metall und Stein gleichgültig weiterexistierte.

Bernard und seine blonde Freundin lachten über das kleine Negerkind, das seine rote und seine grüne Wassermelone hielt. Die Verkäuferin hatte es aus der Vitrine genommen, und Bernard hielt es hoch und lachte verächtlich. Ein- oder zweimal sagte Bernard »ein kleinör Neegör«, dann »voilà, voilà«, dann sagte die Frau etwas auf deutsch, und beide brachen wieder in Gelächter aus. Sogar die Ladenbesitzerin lachte hinter dem Ladentisch.

Austin spielte in seiner Hosentasche mit dem grünen Ei, einem Klumpen, der sich gegen sein Bein abzeichnete. Er überlegte, einfach zum Ladentisch zurückzugehen und das ganze verdammte Paris aus Holz zu kaufen und Bernard auf englisch zu sagen: »Ich kaufe das für Ihren Sohn, Sie Arschloch«, und ihm mit der Faust zu drohen. Aber das war eine schlechte Idee, und er hatte keine Lust auf Streit. Es gab sogar die vage Möglichkeit, daß der Mann überhaupt nicht Bernard war, daß er bloß so aussah wie das Bild in Leos Zimmer, und er wäre ein absoluter Idiot, ihn zu bedrohen.

Er griff in seine Tasche, befühlte die Emailleschicht des Eis und fragte sich, ob es ein angemessenes Geschenk war oder ob es lächerlich wirken würde? Die deutsche Frau drehte sich um und sah ihn an, noch immer ein spöttisches Lächeln auf den Lippen. Sie sah in Austins Gesicht, dann auf seine Tasche, wo seine Hand das kleine Ei festhielt. Sie beugte sich vor und sagte etwas zu Bernard, etwas auf französisch, und Bernard drehte sich um und schaute durch den Laden auf Austin, wobei seine Augen in einer Art verächtlicher Warnung schmal wurden. Dann hob er leicht das Kinn und drehte sich wieder um. Sie sagten beide noch etwas und lachten dann leise. Die Besitzerin sah Austin an und lächelte freundlich. Dann änderte Austin seine Meinung, was den Kauf der hölzernen Stadt anging, und öffnete die Glastür und trat auf den Bürgersteig hinaus, wo die Luft kühl war und er den kleinen Hügel zum Park hinaufsehen konnte.

5

In dem kleinen Vorort von Oak Grove, Illinois, wollte Austin sein gewöhnliches Leben ohne Umschweife wiederaufnehmen – täglich in sein Vorstadtbüro im nahe gelegenen Orchard Park fahren; als Trainer bei einer Little-League-Baseballmannschaft aushelfen, die von der Linoleumfirma eines Freundes in Oak Grove gesponsert wurde; die Abende zu Hause mit Barbara verbringen, die als Maklerin bei einer großen Immobilienfirma arbeitete und gerade eine ausgezeichnete Nach-Rezessions-Verkaufssaison erlebte.

Austin konnte fühlen, daß mit ihm etwas nicht stimmte, was ihn verwirrte. Aber Barbara hatte beschlossen, das tägliche Leben weiterzuführen, als merke sie nichts oder als sei, was immer ihn quälte, schlicht außerhalb ihrer Kontrolle – und da sie ihn liebte, würde sein Problem entweder im stillen gelöst oder vom normalen Fluß eines alltäglichen glücklichen Lebens davongetragen werden. Barbara hatte eine systematisch optimistische Weltanschauung: Bei der richtigen Einstellung fügt sich schon alles zum Besten. Sie sagte, das komme daher, daß in ihrer Familie alle schottische Presbyterianer gewesen seien. Und es war eine Weltanschauung, die Austin bewunderte, obwohl er die Dinge nicht immer so sah. Er meinte, das gewöhnliche Leben besitze das Potential, einen zu Staub zu zermahlen – das Leben seiner Eltern in Peoria zum Beispiel, ein Leben, das er nicht ertragen hätte –, und manchmal waren ungewöhnliche Maßnahmen erforderlich. Barbara sagte, dies sei eine typisch schäbige irische Haltung.

An dem Tag, als Austin zurückkam – in einen heißen, frühlingshaften Flughafen-Sonnenschein, mit Jetlag und angestrengt gutgelaunt –, hatte Barbara Rehkeule mit einer schweren, geheimnisvollen Feigensauce zubereitet, etwas, für das sie die Zutaten in einem ungarischen Viertel in West Diversey hatte aufspüren müssen, dazu Herzogin-Kartoffeln und geröstete Knoblauchzehen, die Austin besonders gerne mochte, dazu einen sehr guten Merlot, von dem Austin zuviel getrunken hatte, während er gewissenhaft über all das log, was er in Paris gemacht hatte. Barbara hatte sich ein neues Frühlingskleid gekauft, neue Strähnchen machen lassen und sich überhaupt große Mühe gegeben, um eine glückliche Heimkehr zu inszenieren und ihr unangenehmes mitternächtliches Telefongespräch vergessen zu machen. Obwohl Austin das Gefühl hatte, daß es eigentlich seine Sache sein sollte, diesen unschönen Augenblick aus ihrem Gedächtnis zu löschen und dafür zu sorgen, daß sein lang anhaltendes Eheleben erneut zu einer Quelle von andauerndem freundlichem Glück wurde.

Spät an jenem Abend, einem Dienstag, hatten Barbara und er kurz und angetrunken im Dunkel ihres Schlafzimmers miteinander geschlafen, die schweren Vorhänge zugezogen, begleitet vom Lärm des Spaniels eines Nachbarn, der eine Straße weiter ununterbrochen gebellt hatte. Es war ein geübter, undramatischer Akt, eine Folge von Konventionen und Annahmen, liebevoll absolviert wie eine Liturgie, die zwar noch auf die Mysterien und das Chaos verweist, die ihn einmal zu einer atemlosen Notwendigkeit gemacht hatten, aber in Wirklichkeit nicht mehr viel damit zu tun hat. An der Digitaluhr auf der Kommode las Austin ab, daß das Ganze neun Minuten gedauert hatte, von Anfang bis Ende. Er fragte sich düster, ob das die durchschnittliche oder weniger als die durchschnittliche Dauer bei Amerikanern in seinem und Barbaras Alter war. Weniger, nahm er an, aber das war ohne Zweifel sein Fehler.

Als sie danach schweigend im Dunkeln nebeneinander

lagen und auf die weiße Gipsdecke starrten (der Hund des Nachbarn hatte mit dem Gekläffe aufgehört, als hätte er auf einen Wink eines verborgenen Zuschauers ihres Liebesakts reagiert), überlegten Barbara und er, was sie sagen sollten. Jeder wußte, daß der andere danach suchte; nach einem optimistischen, in die Zukunft weisenden Thema, das die letzten beiden, oder vielleicht waren es drei, Jahre, die zwischen ihnen nicht so großartig gewesen waren, wegzauberte – eine Zeit des Umherstreifens für Austin und des geduldigen Wartens für Barbara. Sie suchten nach etwas wenig Irritierendem, was sie mit einem Bild von sich selbst einschlafen lassen würde, wie sie zu sein meinten.

»Bist du müde? Du mußt ziemlich erschöpft sein«, sagte sie nüchtern in die Dunkelheit hinein. »Du armes, altes Stück.« Sie streckte die Hand aus und streichelte seine Brust. »Schlaf ein. Morgen fühlst du dich besser.«

»Ich fühle mich jetzt gut. Ich bin nicht müde«, sagte Austin lebhaft. »Wirke ich müde?«

»Nein. Eigentlich nicht.«

Sie schwiegen wieder, und Austin spürte, wie er sich beim Klang ihrer Worte entspannte. Er war tatsächlich todmüde. Aber er wollte, daß der Abend, der, wie er meinte, ein schöner Abend gewesen war, ein gutes Ende nahm, und damit auch seine Heimkehr und die Zeit, in der er fort gewesen war und sich auf eine lächerliche Weise in Josephine Belliard vernarrt hatte. Diese Begegnung – es gab natürlich keine Begegnung –, aber diese Erklärungen und Verstrickungen konnten als erledigt betrachtet werden. Sie konnten durch Disziplin überwunden werden. Sie waren nicht das wirkliche Leben – zumindest nicht der harte Kern des Lebens, das, wovon alles andere abhing –, ganz gleich, wie er sich einen Augenblick lang gefühlt und wie er aufbegehrt hatte. Er war kein Narr. Er war nicht so dumm, sein Gefühl für das Wesentliche zu verlieren. Er war ein Überlebenskünstler, dachte er, und Überlebenskünstler wußten immer, wo sie Boden fanden.

»Ich möchte bloß sehen, was jetzt möglich ist«, sagte Austin unerwartet. Er war schon halb eingeschlafen und hatte zwei Gespräche gleichzeitig geführt – eins mit Barbara, seiner Frau, und eins mit sich selbst über Josephine Belliard –, und sie gerieten nun durcheinander. Barbara hatte ihn nichts gefragt, worauf das, was er gerade gemurmelt hatte, auch nur im entlegensten eine logische Antwort war. Sie hatte ihn, soviel wußte er noch, überhaupt nichts gefragt. Er redete bloß vor sich hin, sprach fast schon im Schlaf; und eine kalte Furcht packte ihn und ließ ihn erstarren – daß er etwas gesagt hatte, halb im Schlaf und halb betrunken, was ihm leid tun würde, etwas, was ihn belastend mit der Wahrheit über Josephine in Verbindung bringen würde. Obwohl er in seinem gegenwärtigen Geisteszustand überhaupt nicht genau wußte, was diese Wahrheit sein könnte.

»Das sollte doch nicht so schwer sein, oder?« sagte Barbara aus dem Dunkel heraus.

»Nein«, sagte Austin und fragte sich, ob er wach war. »Wahrscheinlich nicht.«

»Wir sind zusammen. Und wir lieben uns. Was immer

wir möglich machen wollen, sollten wir auch erreichen können.« Sie berührte sein Bein durch den Pyjama.

»Ja«, sagte Austin. »Das stimmt.« Er wünschte sich, Barbara würde jetzt einschlafen. Er wollte nichts mehr sagen. Ein Gespräch mit ihr schien wie ein Minenfeld, da er sich nicht sicher war, was er sagen würde.

Barbara schwieg, während sich in seinem Innern kurz alles zusammenzog, bevor er sich langsam zu entspannen begann. Er beschloß, nichts mehr zu sagen, und tat es auch nicht. Nach ein paar Minuten drehte sich Barbara zur Seite, in Richtung der Vorhänge. Die Straßenlampe leuchtete fahl durch die Stoffsäume, und Austin fragte sich, ob er sie irgendwie zum Weinen gebracht hatte, ohne es zu merken.

»Na gut«, sagte Barbara, »hoffentlich fühlst du dich morgen besser. Gute Nacht.«

»Gute Nacht«, sagte Austin. Und er überließ sich hilflos dem Schlaf, in dem Gefühl, daß er Barbara nicht sehr viel Freude bereitet hatte, daß er ein Mann war, der jetzt vermutlich niemandem sehr viel Freude bereitete, und daß in Wirklichkeit auch in seinem eigenen Leben all die Dinge, die ihn glücklich machen sollten und es auch immer getan hatten, ihm kaum noch irgendeine Freude bereiteten.

In den nächsten Tagen ging Austin wie gewöhnlich zur Arbeit. Er rief seine Kunden in Brüssel und Amsterdam an, um seine Abwesenheit zu erklären. Er erzählte einem Mann, den er seit zehn Jahren kannte und sehr respektierte, daß Ärzte eine ziemlich »rätselhafte Entzündung«

im oberen Viertel seines Magens entdeckt hatten, aber daß es begründete Hoffnung gab, daß eine Operation mit Hilfe von Medikamenten vermieden werden könnte. Er versuchte, auf den Namen eines Medikaments zu kommen, das er angeblich nahm, aber ihm fiel nichts ein. Später fühlte er sich elend, daß er eine solch sinnlose Lüge erzählt hatte, und machte sich Sorgen, daß der Mann seinem Chef gegenüber etwas erwähnen könnte.

Er fragte sich, während er auf die elegant gerahmte Azimut-Karte starrte, die Barbara ihm geschenkt hatte, als man ihn befördert und ihm die Verantwortung für die europäischen Kunden übertragen hatte, und die nun hinter seinem Schreibtisch hing, mit winzigen roten Wimpeln die Orte markiert, an denen er die Marktanteile der Firma erhöht hatte – Brüssel, Amsterdam, Düsseldorf, Paris –, er fragte sich, ob ihm sein Leben, das einfache Weitermachen, aus den Händen glitt, ganz langsam, so daß er es nicht bemerkte. Aber er kam zu dem Schluß, daß es das nicht tat, und als Beweis führte er sich selbst gegenüber die Tatsache an, daß er diese Überlegung in seinem Büro anstellte, an einem gewöhnlichen Arbeitstag, an dem alles in seinem Leben wohlgeordnet war und voranging, und nicht in irgendeinem Pariser Straßencafé im trüben Nachklang einer Katastrophe; ein Mann mit schmutzigem Revers, der sich unbedingt rasieren müßte und kein Bargeld mehr hat, seine trübsinnigen Gedanken in ein winziges Notizheft kritzelnd, wie all die anderen Trottel, die er gesehen hatte und die ihr Leben verplempert hatten. Dieses Gefühl jetzt, diese Empfindung der Schwere und daß sein Leben ins Trudeln geriet, war tatsächlich ein Gefühl der Wachsamkeit, da er die Last der Verantwortung angenommen hatte, und es war der Beweis, daß es nie einfach war, sein Leben zu einem erfolgreichen Abschluß zu führen.

Am Dienstag, sofort, nachdem er sein Büro betreten hatte, rief er bei Josephine im Verlag an. Er hatte beinahe jede Minute an sie gedacht, an ihre kleinen, irgendwie unregelmäßigen, aber aufreizenden Züge, ihren jungenhaften Gang, bei dem ihre Fußspitzen nach außen zeigten, wie bei einem Bauerntrampel. Aber auch an ihre weiche dunkle Haut und ihre weichen Arme und ihre flüsternde Stimme, die er immer wieder hörte. »Nein, nein, nein, nein, nein.«

»Hallo, ich bin's«, sagte Austin. Es gab diesmal eine lange Verzögerung in der Verbindung, und er konnte das Echo seiner Stimme in der Leitung hören. Er klang nicht so, wie er klingen wollte. Seine Stimme war höher, wie die eines Kindes.

»Okay. Hallo«, war alles, was sie sagte. Sie raschelte mit irgendwelchen Unterlagen, eine Angewohnheit, die ihn ärgerte.

»Ich habe immer an dich denken müssen«, sagte Austin. Eine lange Pause folgte nach dieser Erklärung, und er ertrug sie voller Unbehagen.

»Ja«, sagte sie, dann wieder eine Pause. »Ich auch. Wie geht es dir?«

»Gut«, sagte Austin, obwohl er das nicht betonen wollte. Er wollte betonen, daß er sie vermißte. »Ich vermisse dich«, sagte er und fühlte sich kläglich, als er im Echo seine Stimme vernahm.

»Ja«, sagte sie schließlich, wenn auch lustlos. »Ich auch.«

Austin war sich nicht sicher, ob sie wirklich gehört hatte, was er gesagt hatte. Möglicherweise sprach sie überhaupt mit jemand anderem, irgend jemandem im Büro. Er fühlte sich verwirrt und überlegte, ob er einfach auflegen sollte. Aber er wußte, wie er sich fühlen würde, wenn das geschah. Miserabler, als er es sich vorstellen konnte. Er mußte jetzt durchhalten, oder er würde sich am Ende ohnehin miserabel fühlen. »Ich würde dich sehr gerne wiedersehen«, sagte Austin, sein Ohr an den Hörer gepreßt.

»Ja«, sagte Josephine. »Komm und geh mit mir heute abend essen.« Sie lachte ein hartes, ironisches Lachen. Er fragte sich, ob sie das gesagt hatte, weil irgend jemand mithörte, irgend jemand in ihrem Büro, der alles über ihn wußte und dachte, er sei ein Idiot. Er hörte wieder das Rascheln von Papier. Er fühlte, wie sich alles drehte.

»Ich meine es ernst«, sagte er. »Ich würde es tun.«

»Wann kommst du wieder nach Paris?« sagte sie.

»Ich weiß es nicht. Aber sehr bald, hoffe ich.« Er wußte nicht, warum er das gesagt hatte, weil es nicht stimmte, oder zumindest keinen Plänen entsprach, die er derzeit hegte. Aber in diesem Moment schien es möglich. Alles war möglich. Und dies schien in der Tat sehr bald möglich, obwohl er keine Ahnung hatte, wie. Frankreich war nicht Wisconsin. Man beschloß nicht, mal eben fürs Wochenende dorthin zu fahren.

»Also. Ruf mich an, denke ich«, sagte Josephine. »Ich würde dich wiedersehen.«

»Das werde ich«, sagte Austin, dessen Herz bereits begonnen hatte, laut zu schlagen. »Wenn ich komme, rufe ich dich an.«

Er wollte sie etwas fragen. Er wußte aber nicht, was. Er wußte überhaupt nicht, was er fragen sollte. »Wie geht's Leo?« sagte er, wobei er den Namen englisch aussprach. Josephine lachte, aber nicht ironisch. »Wie geht's Leo?« sagte sie und sprach es so aus wie er. »Leo geht's gut. Er ist zu Hause. Bald gehe ich auch nach Hause. Das ist alles.«

»Gut«, sagte Austin. »Das ist wunderbar.« Er wirbelte mit seinem Stuhl herum und musterte Paris auf der Karte. Er war wie jedes Mal wieder überrascht darüber, daß es so dicht an der nördlichen Grenze Frankreichs lag, statt – so, wie er es sich immer vorstellte – genau in der Mitte. Er wollte sie plötzlich fragen, warum sie ihn in der letzten Nacht, nachdem er mit ihr ausgegangen war, nicht angerufen hatte, womit er ihr sagen wollte, daß er gehofft hatte, sie würde anrufen, aber dann fiel ihm ein, daß bei ihr besetzt gewesen war, und er wollte wissen, mit wem sie telefoniert hatte. Aber das konnte er sie nicht fragen. Es ging ihn nichts an.

»Schön«, sagte er. Und er wußte, in fünf Sekunden wäre der Anruf vorbei, und Paris wäre auf der Stelle so weit von Chicago entfernt wie immer. Er sagte beinahe »Ich liebe dich« in den Hörer. Aber das wäre ein Fehler, und er sagte es nicht, obwohl es einen Teil von ihm wie verrückt danach verlangte. Dann sagte er es beinahe auf französisch, weil er dachte, daß es dann möglicherweise weniger bedeutete als auf englisch. Aber wieder hielt er sich zurück. »Ich möchte dich sehr gern wiedersehen«, sagte er, als einen letzten schwachen Kompromiß all dessen, was er eigentlich hatte sagen wollen.

»Also. Komm mich wiedersehen. Ich küsse dich«, sagte Josephine Belliard, aber mit einer fremden Stimme, einer Stimme, die er nie zuvor gehört hatte, einer beinahe emotionalen Stimme. Dann legte sie leise auf.

Austin saß an seinem Schreibtisch und starrte auf die Karte, fragte sich, was es mit dieser Stimme wohl auf sich hatte, was sie bedeutete, wie er sie interpretieren sollte. War es die Stimme der Liebe oder irgendein seltsamer Trick der Telefonleitung? Oder bloß irgendein Trick seines Ohrs, das ihm etwas suggerierte, was er hören wollte, und ihm so die Chance gab, sich nicht so miserabel zu fühlen, wie er erwartet hatte, und wirklich, er fühlte sich nicht schlecht. Er fühlte sich jetzt wunderbar. Er war ganz überschwenglich. So gut hatte er sich, seit er sie das letzte Mal gesehen hatte, nicht mehr gefühlt. So lebendig. Und das war doch nicht falsch, oder? Wenn irgend etwas dafür sorgt, daß man sich einen Augenblick lang gut fühlt und es niemandem weh tut, warum sollte man es sich dann verbieten? Und wofür? Die Jungs, mit denen er aufs College gegangen war, die nie von dem Weg, den sie einmal eingeschlagen hatten, abgewichen waren, hatten nie auch nur einen Augenblick so ein überschwengliches Gefühl und kannten den Unterschied auch gar nicht. Er aber kannte ihn, und er war es wert, ganz gleich, in was für Schwierigkeiten man geriet, wenn man dann mit den Folgen leben mußte. Man lebt nur einmal, dachte Austin. Leb dich aus. Er hatte gehört, was er gehört hatte.

An jenem Abend holte er Barbara im Maklerbüro ab und fuhr mit ihr zu einer Bar. Das machten sie oft. Barbara arbeitete häufig bis in den Abend, und sie beide mochten ein ziemlich protziges polynesisches Restaurant in Skokie, das Hai-Nun hieß, ein dunkles Lokal mit Teakholz und Bambus, wo alle Getränke als Doppelte serviert wurden, und wenn man schließlich zu betrunken war, um sich zu einem Tisch vorzuarbeiten, konnte man einen Grill-Teller bestellen und beim Abendessen an der Bar wieder ausnüchtern.

Eine Weile hatte ein Bekannter von Austin, ein Rohstoffmakler namens Ned Coles, neben ihnen an der Bar gestanden (ihre Freunde kamen regelmäßig in dieses Lokal) und mit ihnen darüber geplaudert, daß die sonnigen Tage an der Handelskammer nun endgültig vorbei seien, und dann über die großen Chancen in Europa nach 1992 und daß die USA das Ganze wahrscheinlich verschlafen würden, dann darüber, wer nach dem Frühjahrstraining in der Universitätsmannschaft, den »Fighting Illini«, aufgestellt werden sollte, und schließlich über seine Exfrau Suzie, die in der nächsten Woche nach Phoenix ziehen wollte, damit sie mehr Leichtathletik machen konnte. Sie wollte an den »Iron Women«-Wettkämpfen teilnehmen.

»Kann sie nicht in Chicago eine ›Iron Woman‹ sein?« sagte Barbara. Sie kannte Ned Coles kaum, und er langweilte sie. Neds Frau hatte vor, ihre beiden Kinder nach

Arizona zu »entführen«, was Ned sehr deprimierte, aber er wollte nicht mit ihr darüber streiten.

»Natürlich«, sagte Ned. Ned war korpulent und rot im Gesicht und wirkte älter als sechsundvierzig. Er hatte in Harvard studiert und war dann zurückgekehrt, um für die Firma seines alten Herrn zu arbeiten, und war schnell zum Säufer und Langweiler geworden. Austin hatte ihn in der M.B.A.-Abendschule vor fünfzehn Jahren kennengelernt. Sie luden sich nie gegenseitig nach Hause ein. »Aber das ist nicht das eigentliche Problem.«

»Was ist das eigentliche Problem?« sagte Austin, der mit einem Eiswürfel in seinem Gin herumspielte.

»*Moi-même*«, sagte Ned. »Ich.« Ned wirkte darüber ziemlich verbittert. »Sie behauptet, daß ich ein Kraftfeld negativer Energie bin, das in alle nördlichen Vorstädte ausstrahlt. Also müßte ich nach Indiana ziehen, damit sie hierbleiben kann. Und das ist ein viel zu großes Opfer.« Ned lachte humorlos. Ned kannte einen Haufen Indiana-Witze, die Austin alle schon gehört hatte. Indiana war, nach Ned Coles, der Ort, wo man das Flaggschiff der polnischen Marine sichtete und das Denkmal für die argentinischen Kriegshelden besuchte. Er war aus einer alten Chicagoer Familie, und er war, wie Austin fand, ein Idiot. Er wünschte Neds Frau eine gute Reise nach Arizona.

Als Ned ins Restaurant davonschlenderte und Austin und Barbara an der lackierten Teakbar zurückließ, verstummte Barbara. Sie tranken beide Gin und ließen schweigend den Barmann noch einmal zwei auf Eis nachschenken. Austin wußte, daß er jetzt ein wenig betrunken war und daß Barbara wahrscheinlich noch etwas betrunkener war als er. Er spürte, daß da womöglich ein Problem lauerte – aber was für eins, da war er sich nicht sicher. Er sehnte sich nach dem Gefühl, das er gehabt hatte, als er an jenem Morgen nach dem Gespräch mit Josephine Belliard aufgelegt hatte. Überschwenglichkeit. Sich mit allen Sinnen lebendig zu fühlen. Es war ein flüchtiges Gefühl gewesen, das wußte er sehr wohl. Aber er sehnte sich nur um so schmerzlicher danach, gerade weil es eine Illusion war, harmlos und klein. Selbst Realisten, dachte er, brauchten hin und wieder eine Pause.

»Erinnerst du dich an den Abend neulich?« fing Barbara an, als ob sie ihre Worte mit äußerster Sorgfalt wählte. »Du warst in Paris und ich war hier zu Hause. Und wie ich dich fragte, ob du glaubst, daß du mich vielleicht für selbstverständlich nimmst?« Barbara schaute konzentriert auf den Rand ihres Glases, aber dann sah sie schnell auf und blickte ihm in die Augen. An der Bar stand noch ein Paar, und der Barmann hatte sich auf einen Hocker ans Ende der Theke gesetzt und las schweigend Zeitung. Es war die Zeit, in der man Dinner aß, und viele Leute waren im Restaurant. Jemand hatte ein Gericht bestellt, das flambiert an den Tisch gebracht wurde, und Austin konnte die gelbe Flamme sehen, die bis an die Decke leckte, das laute Zischen hören und wie die entzückten Gäste »Oooh« sagten.

»Ich fand nicht, daß das stimmt«, sagte Austin leise, um auf ihre Fragen zu antworten.

»Ich weiß, daß du das nicht fandst«, sagte Barbara und nickte langsam mit dem Kopf. »Und vielleicht hast du vollkommen recht. Vielleicht hatte ich unrecht.« Sie starrte wieder auf ihr Glas Gin. »Was aber stimmt, Martin, und was ich schlimmer finde – was dich anbelangt –, ist, daß du dich *selbst* für selbstverständlich nimmst.« Barbara nickte immer noch mit dem Kopf, ohne ihn dabei anzusehen, als hätte sie ein interessantes, aber beunruhigendes philosophisches Paradoxon entdeckt. Wenn Barbara wütend auf ihn war, besonders wenn sie ein bißchen betrunken war, nickte sie mit dem Kopf und sprach in dieser übergenauen Art, als hätte sie sich schon vorher eine Menge Gedanken zu dem jeweiligen Thema gemacht und wünschte nun, ihre Schlußfolgerungen als einen Beitrag zum gesunden Menschenverstand herauszustellen. Austin nannte diese Angewohnheit »die Zutaten vom Molotowcocktail ablesen«, und er mochte sie nicht und wünschte, Barbara würde das nicht tun, obwohl es nie einen passenden Augenblick gab, ihr das einmal zu sagen.

»Es tut mir leid, aber ich glaube nicht, daß ich verstehe, was du damit meinst«, sagte er im normalsten Tonfall, zu dem er fähig war.

Barbara sah ihn neugierig an, und ihre vollkommenen Lambda-Chi-Schönheitsköniginnen-Züge waren inzwischen so scharfgeschnitten und kantig wie ihre Worte. »Was ich meine, ist, daß du glaubst – von dir selbst glaubst –, daß dich nichts verändern kann. In deinem Inneren, meine ich. Du hältst dich selbst für etwas Gegebenes, als ob es, wenn du in irgendein fremdes Land verschwindest und da etwas erlebst – als ob das keinerlei Wirkung auf dich hätte, dich nicht verändert zurückläßt.

Aber das stimmt nicht, Martin, weil du dich verändert hast. Du bist sogar unnahbar geworden, und du bist schon lange so. Seit zwei oder drei Jahren. Ich habe einfach versucht, mit dir auszukommen und dich glücklich zu machen, weil dich glücklich zu machen auch mich immer glücklich gemacht hat. Aber jetzt tut es das nicht mehr, weil du dich verändert hast und ich nicht mehr das Gefühl habe, daß ich noch an dich herankommen kann oder daß du auch nur spürst, wie du geworden bist, und offen gesagt, es interessiert mich auch nicht. All dies kam mir auf einmal in den Kopf, als ich heute nachmittag die Klärung eines Eigentumsanspruchs in Auftrag gegeben habe. Es tut mir leid, daß es wie ein Schock kommt.«

Barbara schnaubte und sah ihn an und schien zu lächeln. Sie war nicht kurz davor, in Tränen auszubrechen. Ihre Augen waren kalt, und sie war jetzt so sachlich, als ob sie von dem Tod eines entfernten Verwandten berichtete, der keinem von ihnen besonders nahegestanden hatte.

»Es tut mir leid, das zu hören«, sagte Austin langsam, der so ruhig bleiben wollte wie sie, wenn auch nicht so kalt. Er wußte nicht genau, was dies alles bedeutete oder was dazu geführt hatte, da er nicht das Gefühl hatte, irgend etwas falsch gemacht zu haben. Er konnte sich an nichts erinnern, das vor zwei oder drei Jahren passiert wäre. Josephine Belliard hatte eine gewisse Wirkung auf ihn gehabt, aber das würde vorbeigehen, so wie alles vorbeiging. Es hatte so ausgesehen, als würde das Leben weitergehen. Er hatte sogar angenommen, daß er sich so normal verhalten hatte, wie es überhaupt nur ging.

Aber bedeutete das, daß sie ertragen hatte, was sie ertragen wollte, und nun fertig war mit ihm? Das wäre wirklich ein Schock, dachte er, und etwas, was nicht passieren sollte. Oder wollte sie ihm damit nur sagen, daß er sich ein bißchen mehr Mühe geben und wieder offener werden sollte, wieder der nette Kerl sein sollte, der er einmal gewesen war und der ihr besser gefallen hatte – mit seiner netten Art, von der er sagen würde, daß er sie immer noch besaß. Oder vielleicht sagte sie ihm mit alldem bloß, daß sie selbst vorhatte, sich dramatisch zu verändern, nicht mehr so viel verzeihen, nicht mehr so interessiert an ihm, nicht mehr so liebevoll sein wollte, sondern sich mehr nach ihren eigenen Gefühlen richten würde, daß sie in ihrer Ehe einen neuen, gerechteren Weg einschlagen sollten – noch etwas, dessen Klang er nicht mochte.

Er saß da in dem Schweigen, das sie ihm genau zu diesem Zweck gewährte. Er mußte ihr natürlich eine Antwort geben. Er mußte intelligent und offen auf ihre Vorwürfe eingehen und Verständnis für ihren Standpunkt zeigen, für den sie zu kämpfen bereit schien, aber er mußte auch seine eigene Position vertreten und gleichzeitig einen vernünftigen Ausweg aus dieser scheinbaren Sackgasse anbieten. Mit anderen Worten, von ihm wurde viel erwartet. Er sollte letztlich alles lösen; er sollte beide Standpunkte einnehmen – ihren und seinen – und sie irgendwie zusammenführen, so daß alles entweder wieder so war, wie es einmal gewesen war, oder aber besser, so daß beide glücklicher waren und das Gefühl haben konnten, daß, wenn das Leben schon eine Folge gefährlicher Steilhänge war, die man nur unter Schwierigkeiten erklomm, man am Ende zumindest sein Ziel erreichte, woraufhin der reichliche Lohn des Glücks für all die Alpträume entschädigte.

Es war eine bewundernswerte Lebenseinstellung, dachte Austin. Es war eine gesunde, traditionelle Einstellung, eindeutig von amerikanischem Zuschnitt, eine, die jeden mit strahlenden Augen und voller Zuversicht vor den Altar schickte. Es war eine Einstellung, die Barbara immer beibehalten hatte und um die er sie immer beneidete. Barbara war von amerikanischem Zuschnitt. Das war einer der Hauptgründe, warum sie ihn vor Jahren so umgehauen hatte und warum er wußte, daß sie die beste Person sein würde, die er oder irgendein anderer je lieben könnte. Nur wußte er in diesem Augenblick nicht, was er tun konnte, um ihre Wünsche sich erfüllen zu lassen, wenn er überhaupt wußte, was ihre Wünsche waren. So daß er, nachdem er eingeräumt hatte, daß es ihm leid täte zu hören, was sie gerade gesagt hatte, meinte: »Ich glaube nur, daß ich da nichts tun kann. Ich wünschte, ich könnte es. Es tut mir wirklich leid.«

»Dann bist du einfach ein Arschloch«, sagte Barbara und nickte wieder sehr selbstsicher, sehr endgültig. »Und du bist außerdem ein Frauenheld und ein mieser Typ. Und ich möchte mit alldem nicht mehr verheiratet sein. Basta.« Sie leerte mit einem großen Schluck ihr Glas Gin und setzte das schwere Glas hart auf dem feuchten kleinen Untersetzer ab. »Basta«, sagte sie noch einmal, als bewundere sie ihre eigene Stimme, »leck mich am Arsch.

Und auf Wiedersehen.« Und damit stand sie auf und ging mit sicherem Gang direkt auf den Ausgang des Hai-Nun zu (und zwar so entschlossen, daß sich Austin nicht fragte, ob sie in ihrem Zustand überhaupt Auto fahren konnte) und verschwand hinter der Bambusecke, gerade als eine weitere dicke gelbe Flammenzunge im Dunkel des Speiseraums auflöderte, ein weiteres heißes, lautes Zischen emporstieg und ein weiteres »Ooooh« der verzückten Gäste ertönte, von denen einige sogar klatschten.

Natürlich war dies alles eine Überreaktion, was Barbara anbelangte, dachte Austin. Erstens wußte sie überhaupt nichts von Josephine Belliard, weil es nichts zu wissen gab. Keine belastenden Fakten. Sie stellte nur Vermutungen an, und noch dazu unfaire. Aller Wahrscheinlichkeit nach fühlte sie sich einfach selbst schlecht und hoffte, ihn dafür verantwortlich machen zu können. Zweitens war es nicht leicht zu sagen, wie man sich in Wahrheit fühlte, wenn es nicht das war, was derjenige, den man liebte, gerne hören wollte. Er hatte sein Bestes getan, als er gesagt hatte, daß er nicht sicher sei, wie er sie glücklich machen könnte. Das war doch ein Anfang. Er hatte gedacht, daß ihre Bestimmtheit zu Beginn des Gesprächs nur eine Strategie gewesen sei, um eine bessere Ausgangsposition zu haben, und daß womöglich ein großer Streit heraufzog, aber es wäre ein Streit gewesen, den sie im Laufe des Abends hätten klären können, worauf sie sich nach einer Versöhnung beide besser gefühlt hätten, erleichtert. So war es auch in der Vergangenheit gewesen, als er sich vorübergehend von einer anderen

Frau angezogen fühlte, die er weit weg von seinem gewöhnlichen Leben kennengelernt hatte. Der ganz normale Lauf der Dinge, dachte er.

Frauen waren manchmal eine Art Problem – er war gern mit ihnen zusammen, hörte gern ihre Stimmen, erfuhr gern etwas von dem privaten Bereich ihres Lebens und ihren täglichen Dramen. Aber wann immer er versuchte, sie näher kennenzulernen, blieb er hinterher mit einem merkwürdigen Gefühl zurück, als ob er Geheimnisse hätte, die er nicht für sich behalten wollte, und auf der anderen Seite hatte er die Empfindung, als bleibe ein Bereich seines Lebens – besonders seines Lebens mit Barbara – irgendwie außen vor, als würde er dabei verkümmern.

Aber Barbara hatte mit diesem Abgang vollkommen über die Stränge geschlagen. Nun waren sie beide allein in ihren kleinen Kokons der Bitternis und der Rechtfertigungen, was immer dazu führte, daß sich die Dinge nicht zum Guten, sondern zum Schlechten wendeten. Jeder wußte das. Sie hatte diese Situation herbeigeführt, nicht er, und sie würde mit den Folgen leben müssen, ganz gleich, wie gravierend sie waren. Der Alkohol hatte sicher auch etwas damit zu tun, dachte Austin. Bei ihnen beiden. Im Moment lag eine Menge Spannung in der Luft, und Alkohol war eine natürliche Reaktion darauf. Er dachte aber nicht, daß einer von ihnen *per se* ein Alkoholproblem hatte – besonders er nicht. Aber er beschloß, während er an der Teakbar vor einem Glas Beefeater's saß, so bald wie möglich mit dem Trinken aufzuhören.

Als Austin nach draußen ging und den dunklen Parkplatz betrat, war Barbara nirgendwo zu sehen. Eine halbe Stunde war vergangen. Er dachte, er würde sie vielleicht im Auto finden, wütend oder eingeschlafen. Es war halb neun. Die Luft war kühl, und die Old Orchard Road war voller Autos. Als er zu Hause vorfuhr, waren alle Lichter aus, und Barbaras Auto, das sie vorm Büro stehengelassen hatte, als er sie abholte, stand nicht in der Garage. Austin ging ins Haus und durch die einzelnen Räume und machte überall Licht, bis er zum Schlafzimmer kam. Er öffnete vorsichtig die Tür, um Barbara nicht zu wecken, falls sie sich auf das Bett geworfen hatte und eingeschlafen war. Aber sie war nicht da. Das Zimmer war dunkel bis auf die Digitaluhr. Er war allein im Haus, und er wußte nicht, wo seine Frau war, wußte nur, daß sie ihn womöglich verließ. Wütend war sie auf jeden Fall gewesen. Das letzte, was sie gesagt hatte, war »Leck mich am Arsch«. Und dann war sie einfach gegangen – etwas, was sie vorher nie getan hatte. Man könnte, das war ihm klar, daraus schließen, daß sie ihn verlassen wollte.

Austin goß sich in der hellerleuchteten Küche ein Glas Milch ein und überlegte sich, wie es wäre, vor einem Gericht zu genau diesen Szenen und Tatsachen und auch zu der unangenehmen Episode im Hai-Nun und den letzten Worten seiner Frau auszusagen. Vor einem Scheidungsgericht. Er sah sich an einem Tisch mit seinem Anwalt sitzen und Barbara an einem anderen Tisch mit ihrem Anwalt, und wie sie beide geradeaus auf den Richter blickten. In ihrer derzeitigen Verfassung wäre

Barbara nicht von seiner Version der Geschichte zu überzeugen. Sie würde es sich nicht anders überlegen oder mitten im Gerichtssaal beschließen, die ganze Sache wieder zu vergessen, wenn er ihr erst einmal direkt in die Augen gesehen und nichts als die Wahrheit erzählt hatte. Obwohl eine Scheidung bestimmt keine gute Lösung wäre, dachte er.

Austin ging zur Glasschiebetür, die in den Garten führte und zu den zaunlosen Gärten der Nachbarn, die jetzt alle in Dunkel getaucht waren – die gedämpfte Außenbeleuchtung der anderen Häuser und die Spiegelung seiner Küchenschränke und seiner eigenen Gestalt mit dem Glas Milch und des Frühstückstischs und der Stühle, alles verband sich zu einem perfekten halbdunklen Diorama.

Auf der anderen Seite, dachte er (die eine Seite war ein halbherziger Scheidungsversuch, gefolgt von einer mißmutigen Versöhnung, wenn sie erst einmal eingesehen hatten, daß sie nicht den Mut zu einer Scheidung hatten), war er aus dem Schneider.

Er war nicht gegangen. Sie war gegangen. Er hatte nicht allein sein wollen. Sie hatte allein sein wollen. Und folglich war er frei. Frei zu tun, was er wollte, ohne daß Fragen gestellt oder Antworten erwartet wurden, ohne Verdächtigungen oder Beschuldigungen. Ohne rechtfertigende Halbwahrheiten.

Wenn Barbara und er sich früher gestritten hatten und er überlegt hatte, sich einfach ins Auto zu setzen und nach Montana oder Alaska zu fahren, um für den Forest Service zu arbeiten – und nie mehr zu schreiben oder anzurufen, ohne sich allerdings die Mühe zu machen, seine Identität zu vertuschen oder seinen Aufenthaltsort zu verbergen –, hatte er jedesmal festgestellt, daß er im entscheidenden Moment nicht den Mut hatte zu gehen. Seine Füße rührten sich einfach nicht vom Fleck. Und er hatte von sich selbst gesagt – und war auch stolz darauf gewesen –, daß Trennungen ihm nicht lägen. Jemanden zu verlassen war, das glaubte er, gewissermaßen wie Betrug – es wäre, als betröge er Barbara. Als betröge er sich selbst. Man heiratete nicht, um dann wieder zu gehen, hatte er zu ihr gesagt. Er konnte in Wahrheit niemals auch nur ernsthaft darüber nachdenken zu gehen. Was den Forest Service anbelangte, konnte er sich immer nur den ersten Tag ausmalen – abends wäre er müde und voller blauer Flecken von der Arbeit, aber sein Kopf wäre frei von Sorgen. Was dann geschehen würde, darüber war er sich im unklaren – ein weiterer mühseliger Tag wie der vorangegangene. Und er kam dann zum Schluß, daß das bedeutete, er wollte nicht gehen; daß sein Leben und seine Liebe zu Barbara einfach zu stark waren. Nur Schwächlinge hauten ab. Und wieder mußten seine College-Kommilitonen als schlechtes Beispiel herhalten, diese feigen Abhauer. Alle hatten sich scheiden lassen, hatten Kinder aller Altersstufen über die ganze Landkarte verstreut. Nun schickten sie, von Reue zerfressen, routiniert und grimmig Schecks mit großen Summen nach Dallas und Seattle und Atlanta. Sie waren gegangen, und jetzt tat es ihnen reichlich leid. Aber seine Liebe zu Barbara war einfach mehr wert. Irgendeine Lebenskraft in ihm war zu stark, zu präsent, als daß er abhaute – und das bedeutete etwas, etwas Dauerhaftes und Wichtiges. Es war das, so fühlte er, wovon alle großen Romane, die je geschrieben worden waren, handelten.

Es war ihm natürlich schon der Gedanke gekommen, daß er vielleicht bloß ein kriecherischer, feiger Lügner war, der nicht den Mut hatte, sich einem einsamen Leben zu stellen; der sich nicht allein durchschlagen konnte in einer komplexen Welt, die ihn mit den Konsequenzen seines eigenen Handelns konfrontierte. Obwohl auch das lediglich eine konventionelle Sichtweise des Lebens war, noch eine Sichtweise wie aus der Seifenoper, und davor wußte er sich zu hüten. Er war ein Bleiber. Er war ein Mann, der nicht das Offenkundige tun mußte. Er würde da sein und sich nicht vor den unangenehmen Konsequenzen im Tumult des Lebens drücken. Das war, dachte er, die eine ihm angeborene Charakterstärke.

Aber jetzt hing er, merkwürdigerweise, in der Luft. Das »da«, wo er zu bleiben versprochen hatte, schien plötzlich in Einzelteile aufgelöst und verschwunden. Und das belebte ihn. Er hatte sogar das Gefühl, daß er, obwohl Barbara diese Situation herbeigeführt zu haben schien, sie vielleicht auch selbst verursacht haben könnte, obwohl sie wahrscheinlich ohnehin unvermeidlich war – etwas, was zwischen ihnen beiden hatte kommen müssen, ganz gleich, was die Ursache oder die Folgen waren.

Er ging zum Getränkewagen im Wohnzimmer, goß etwas Scotch in seine Milch, ging wieder in die Küche und setzte sich auf einen Hocker vor die Glasschiebetür.

Zwei Hunde trotteten durch das Lichtquadrat, das aus dem Fenster auf den Rasen fiel. Kurz danach liefen noch zwei Hunde vorbei – einer war der Spaniel, den er oft in der Nacht kläffen hörte. Und dann ein kleiner verwahrloster, einsamer Hund, der hinter den anderen vier herschnüffelte. Dieser Hund blieb stehen und schaute zu Austin hinein, blinzelte, trottete dann aus dem Licht und verschwand.

Austin hatte sich vorgestellt, wie Barbara in einem teuren Hotelzimmer in der Stadt saß, Sekt trank, beim Zimmerservice einen Cobb-Salat bestellte und über die gleichen Dinge wie er nachdachte. Aber die bittere Empfindung, die ihm jetzt tatsächlich kam, war, daß er sich seit langem, wenn man es mal ganz nüchtern betrachtete, bei fast allem, was er getan hatte, im nachhinein nicht gut gefühlt hatte. Trotz guter Vorsätze und obwohl er Barbara so sehr liebte, wie seinem Empfinden nach überhaupt nur wenige Menschen jemanden liebten, und angesichts dessen, daß er fühlte, die Schuld zu tragen an allem, was in dieser Nacht passiert war, konnte er nicht leugnen, daß er seiner Frau jetzt nicht guttat. Er war schlecht für sie. Und wenn seine eigene klägliche Unfähigkeit, ihren offen zum Ausdruck gebrachten und vielleicht zum Teil berechtigten Klagen zu begegnen, nicht schon ausreichend Beweis für sein Versagen war, dann war es mit Sicherheit ihr eigenes Urteil. »Du bist ein Arschloch«, hatte sie gesagt. Und er kam zu dem Schluß, daß sie recht hatte. Er war ein Arschloch, und er war auch alles andere, und er haßte es, sich das sagen zu müssen. Das Leben änderte nicht einfach in irgendeinem

Moment die Richtung, sondern man merkte auf einmal, daß es die Richtung bereits geändert hatte – später. Jetzt. Und er bedauerte es mehr, als er je irgend etwas bedauert hatte. Aber er konnte einfach nichts dagegen tun. Ihm gefiel nicht, was ihm nicht gefiel, und er konnte nicht tun, was er nicht tun konnte.

Was er allerdings tun konnte, war, zu gehen. Nach Paris zurückzukehren. Sofort. Wenn möglich, heute abend noch, auf jeden Fall, bevor Barbara wieder nach Hause kam und sie beide erneut im Morast der ganzen Sache versanken und er wieder in den Problemen herumwaten mußte, daß er ein Arschloch war, und in den Problemen ihres ganzen Lebens. Er hatte das Gefühl, als hätte ein unsichtbarer Finger kräftig an einem feinen Draht gezupft, der zwischen seinen Zehen und seinem Nacken fest gespannt war, und ihn durchlief ein kalter Schauder, ein starkes Prickeln, das bis in seinen Magen und seine Fingerspitzen ausstrahlte.

Er setzte sich gerade in seinem Stuhl auf. Er würde jetzt gehen. Später würde er sich elend und verlassen fühlen, vielleicht wäre er dann pleite oder obdachlos, würde von der Sozialhilfe leben und an einer tödlichen Krankheit leiden, die in seiner Depression gründete. Aber jetzt fühlte er sich sprühend vor Leben, zu allem bereit, nervös vor Aufregung. Und das würde nicht ewig anhalten, dachte er, wahrscheinlich nicht einmal sehr lange. Das bloße Geräusch einer Taxitür, die draußen zugeschlagen wurde, könnte das ganze fragile Gebäude einstürzen lassen und seine Chance zu handeln zerstören.

Er stand auf und ging schnell in die Küche und bestellte sich ein Taxi, ließ dann den Hörer baumeln. Er ging noch einmal durchs Haus, prüfte alle Türen und Fenster, um sicher zu sein, daß sie verschlossen waren. Er ging ins Schlafzimmer, machte Licht, zerrte seinen Reisekoffer unterm Bett hervor, öffnete ihn und packte zwei Anzüge ein, Unterwäsche, Hemden, ein zweites Paar Schuhe, einen Gürtel, drei gestreifte Schlipse und seinen noch ungeleerten Waschbeutel. Als hätte ihm jemand Unsichtbares eine Frage gestellt, sagte er laut, im Schlafzimmer stehend: »Ich habe wirklich nicht viel dabei. Ich habe nur ein paar Sachen in einen Koffer geworfen.«

Er schloß seinen Koffer und trug ihn ins Wohnzimmer. Sein Paß lag im Sekretär. Er steckte ihn in die Hosentasche, holte einen Mantel aus dem Schrank neben der Haustür – eine lange Windjacke aus Gummi, die er aus einem Katalog bestellt hatte – und zog ihn an. Er nahm seine Brieftasche und die Schlüssel, drehte sich noch einmal um und blickte ins Haus.

Er ging jetzt. In weniger als zwanzig Sekunden wäre er fort. Höchstwahrscheinlich würde er nie wieder in diesem Eingang stehen, nie wieder diese Räume betrachten und sich so fühlen wie jetzt. Manches wäre vielleicht genauso, ja, ja, aber nicht alles. Und es war so leicht; in einem Augenblick steckt man noch völlig in einem Leben, und im nächsten ist man völlig draußen. Nur ein paar Dinge, die man zusammensuchen muß.

Eine Nachricht. Er hatte das Gefühl, er sollte eine Nachricht hinterlassen, und ging noch einmal schnell in die Küche zurück, grub einen leuchtendgrünen Notizblock für Einkäufe aus einer Schublade und kritzelte: »Liebe B« auf die Rückseite und wußte dann nicht mehr genau, womit er fortfahren sollte. Etwas Bedeutungsvolles würde Seiten um Seiten füllen und wäre dann gleichermaßen absurd wie irrelevant. Etwas Kurzes würde ironisch oder sentimental wirken und auf ganz neue Weise demonstrieren, was für ein Arschloch er war – eine Schlußfolgerung, die er mit dieser Notiz unanfechtbar widerlegen wollte. Er drehte das Blatt um. Auf der Rückseite war eine Einkaufsliste zum Ankreuzen gedruckt.

❑ Pain
❑ Lait
❑ Kaffee
❑ Œufs
❑ Gemüse
❑ Schinken
❑ Butter
❑ Fromage
❑ Les Autres

Er könnte »*Les Autres*« ankreuzen, dachte er, und »Paris« danebenschreiben. Paris war ohne Frage »*autres*«. Aber nur ein Arschloch würde so etwas tun. Er drehte das Blatt noch einmal um, wo »Liebe B« stand. Nichts, was ihm einfiel, war richtig. Alles schien für ihr Leben stehen zu wollen, konnte aber nicht für ihr Leben stehen. Ihr Leben war ihr Leben und konnte durch nichts anderes verkörpert werden als ihr Leben, nicht durch irgend etwas, was man auf die Rückseite einer Einkaufsliste kritzelte. Sein Taxi hupte draußen. Aus irgendeinem Grund griff er nach dem Hörer und hängte ihn wieder ein, und beinahe sofort begann das Telefon zu läuten – ein lautes, blechernes, schrilles, entnervendes Läuten, das die gelbe Küche erfüllte, als wären die Wände aus Metall. Er konnte die anderen Telefone in den anderen Zimmern läuten hören. Es war plötzlich unerträglich chaotisch im Haus. In wilder Eile kritzelte er »Ich rufe Dich an. In Liebe M« unter »Liebe B« und schob den Zettel unter das bimmelnde Telefon. Dann lief er eilig zur Eingangstür, griff nach seinem Koffer und trat aus seinem leeren Haus in die milde Frühlingsnacht der Vorstadt hinaus.

6 Während der ersten paar entmutigenden Tage, als Austin wieder in Paris war, rief er Josephine Belliard nicht an. Es gab dringendere Probleme; über schreckliche Telefonverbindungen unbezahlten Urlaub von seinem Job als Papiervertreter gewährt zu bekommen. »Persönliche Probleme«, sagte er mit einem unangenehmen Gefühl zu seinem Chef und war sich, als er das sagte, sicher, daß sein Boß daraus schließen würde, daß er einen Nervenzusammenbruch gehabt hatte. »Wie geht's Barbara?« sagte Fred Carruthers fröhlich, was ihn ärgerte.

»Barbara geht's großartig«, hatte er gesagt. »Ihr geht's prima. Rufen Sie sie doch selbst an. Sie würde gern von

Ihnen hören.« Dann legte er mit dem Gedanken auf, daß er Fred Carruthers nie wieder sehen würde und daß ihm das, wenn es so käme, scheißegal wäre, bloß hatte seine eigene Stimme verzweifelt geklungen, genauso, wie er nicht hatte klingen wollen.

Er ließ sich von seiner Bank in Chicago Geld schikken – genug, dachte er, für sechs Monate. Zehntausend Dollar. Er rief einen von zwei Leuten an, die er in Paris kannte, einen früheren Lambda-Chi-Bruder und Möchtegern-Romancier, der homosexuell war und irgendwo in Neuilly lebte. Dave fragte ihn, ob er jetzt auch schwul sei, und lachte sich dann halbtot. Zuletzt aber fiel ihm ein, daß er einen Freund hatte, der einen Freund hatte – und schließlich, nach zwei unruhigen Nächten in seinem alten Hôtel de la Monastère, in denen er sich vor allem wegen des Geldes Sorgen gemacht hatte, erhielt er den Schlüssel zu dem Luxusserail einer Schwuchtel mit lauter Samt und Metall und enormen Spiegeln an der Schlafzimmerdecke, in der rue Bonaparte, ganz in der Nähe des Deux Magots, wo Sartre angeblich gern in der Sonne gesessen und nachgedacht hatte.

In diesen ersten Tagen – hellen, milden Apriltagen – litt Austin sehr unter Jetlag, war erschöpft und sah im Badezimmerspiegel krank und gequält aus. Er wollte Josephine in diesem Zustand nicht sehen. Er war nur drei Tage zu Hause gewesen, hatte dann in den wenigen Stunden eines einzigen wilden Abends einen riesigen Streit mit seiner Frau gehabt, war zum Flughafen gefahren, hatte die ganze Nacht auf einen Flug gewartet und war dann Stand-By auf einem engen Sitzplatz zwischen zwei französischen Kindern nach Orly geflogen. Es war verrückt. Ein großer Teil davon war entschieden verrückt. Wahrscheinlich durchlitt er tatsächlich gerade einen Nervenzusammenbruch und war zu überdreht, um auch nur eine Ahnung davon zu haben, und am Ende würden Barbara und ein Psychiater kommen müssen, um ihn mit Beruhigungsmitteln vollgepumpt und in einer Zwangsjacke nach Hause zu bringen. Aber dazu käme es erst später.

»Wo bist du?« sagte Barbara kalt, als er sie schließlich zu Hause erreichte.

»In Europa«, sagte er. »Ich bleibe eine Weile hier.«

»Wie schön für dich«, sagte sie. Er konnte spüren, daß sie nicht wußte, was sie von der ganzen Sache halten sollte. Es machte ihm Spaß, sie zu verblüffen, obwohl er auch wußte, daß das kindisch war.

»Carruthers ruft dich vielleicht an«, sagte er.

»Ich habe schon mit ihm gesprochen«, sagte Barbara.

»Er denkt bestimmt, daß ich durchgeknallt bin.«

»Nein. Das denkt er nicht«, sagte sie, ohne ihm zu verraten, was er denn dachte.

Draußen war der Verkehr auf der rue Bonaparte so laut, daß er sich vom Fenster wegbewegte. Die Wände in der Wohnung waren mit dunkelrotem und grünem Velourstoff bespannt, an denen schimmernde abstrakte Objekte aus Stahlrohr angebracht waren, und es gab einen dicken schwarzen Samtteppichboden und Möbel. Er hatte keine Ahnung, wer der Besitzer war, obwohl ihm genau in diesem Augenblick klarwurde, daß der Besitzer aller Wahrscheinlichkeit nach tot war.

»Hast du vor, die Scheidung einzureichen?« sagte Austin. Es war das erste Mal, daß das Wort erwähnt wurde, aber es war unausweichlich, dachte er, und es befriedigte ihn sogar leicht, daß er der erste war, der es ins Spiel gebracht hatte.

»Ich weiß noch gar nicht, was ich tun werde«, sagte Barbara. »Offenbar habe ich ja jetzt keinen Ehemann.«

Er platzte beinahe damit heraus, daß sie es gewesen sei, die gegangen war, nicht er, daß sie die ganze Sache tatsächlich verursacht habe. Aber das stimmte nicht ganz, und wenn er jetzt etwas dazu sagte, würde das in jedem Fall ein Gespräch nach sich ziehen, das er nicht führen wollte und das niemand bei einer solchen Entfernung überhaupt führen konnte. Es würde bloß zu Gezänk und Meckerei und Verärgerung führen. Auf einmal merkte er, daß er sonst nichts zu sagen hatte, und wurde nervös. Er hatte nur mitteilen wollen, daß er lebte und nicht tot war, und wollte jetzt eigentlich wieder auflegen. »Du bist in Frankreich, nicht wahr?«

»Ja«, sagte Austin. »Das stimmt. Warum?«

»Ich dachte es mir schon«, sagte Barbara, als ob sie dieser Gedanke anwiderte. »Warum nicht, meine ich? Richtig?«

»Richtig«, sagte Austin.

»Na denn. Komm wieder nach Hause, wenn du, was immer es ist, wie immer sie heißt, satt hast.« Sie sagte das sehr sanft.

»Vielleicht tue ich das«, sagte Austin.

»Vielleicht warte ich auch drauf«, sagte Barbara.

»Wunder passieren immer wieder. Obwohl du mir die Augen geöffnet hast.«

»Großartig«, sagte er und fing an, etwas anderes zu sagen, dachte aber, er hätte gehört, wie sie auflegte. »Hallo?« sagte er. »Hallo? Barbara, bist du noch dran?«

»Ach, scher dich zum Teufel«, sagte Barbara, und dann legte sie wirklich auf.

Zwei Tage lang unternahm Austin lange, anstrengende Spaziergänge in vollkommen willkürliche Richtungen, war jedesmal selbst überrascht, wo er landete, und nahm dann ein Taxi zurück zu seiner Wohnung. Sein Instinkt trog ihn immer noch häufig, was ihn frustrierte. Er dachte, daß der Place de la Concorde weiter von seiner Wohnung entfernt sei, als er dann tatsächlich war, und außerdem in der entgegengesetzten Richtung. Er konnte sich nicht immer daran erinnern, wie der Fluß verlief. Immer wieder kam er unglücklich an denselben Straßen, demselben Kino, in dem *Cinema Paradiso* lief, und demselben Kiosk vorbei, als ob er dauernd im Kreis ginge.

Er rief den zweiten Freund an, einen Mann namens Hank Bullard, der einmal für Lilienthal gearbeitet hatte, dann aber beschlossen hatte, seine eigene Air-Conditioning-Firma in Vitry aufzumachen. Er hatte eine Französin geheiratet und wohnte in einem Vorort. Sie verabredeten sich zum Lunch, aber dann sagte Hank aus geschäftlichen Gründen ab – er müsse dringend verreisen. Hank sagte, sie sollten einen anderen Termin finden, machte aber keinen konkreten Vorschlag. Schließlich aß Austin allein zu Mittag in einer teuren Brasserie an der rue Montparnasse – hinterm Fenster versuchte er, *Le Monde* zu lesen, wurde aber immer mutloser, als die Zahl der Worte, die er nicht verstand, sich häufte. Er konnte die *Herald Tribune* lesen, dachte er, um mit der Welt Schritt zu halten, und seine Französischkenntnisse allmählich steigern.

Es waren sogar noch mehr Touristen da als vor einer Woche. Jetzt begann die Saison, und die ganze Stadt, dachte er, würde sich wahrscheinlich verändern und unerträglich werden. Er fand, daß die Franzosen und die Amerikaner sich vollkommen glichen und daß nur ihre Sprache und einige Eigenschaften, die man nicht sehen konnte, sie unterschieden. Austin saß hinter seinem winzigen runden Brasserietisch, von den vorbeiströmenden Passanten abgetrennt, und dachte, daß die Straße voller Menschen sei, die, während sie an ihm vorbeiliefen, davon träumten, genau das zu tun, was er getan hatte, nämlich ihre Sachen zu packen und alles hinter sich zu lassen, hierherzukommen, in Cafés zu sitzen, durch die Straßen zu gehen und möglicherweise einen Roman zu schreiben oder Aquarelle zu malen oder bloß eine Air-Conditioning-Firma zu gründen wie Hank Bullard. Aber dafür mußte man einen Preis zahlen. Und der Preis war, daß es überhaupt nicht romantisch war, wenn man es dann tat. Es wirkte ziellos, so, als ob er selbst kein Ziel habe, und er hatte jetzt kein Gefühl für die Zukunft mehr – so wie er sonst immer Zukunft erlebt hatte als etwas Greifbares, dem man selbstsicher entgegensah, auch wenn das, was auf einen zukam, vielleicht traurig war oder tragisch oder nicht wünschenswert. Sie war natürlich immer noch da. Aber er wußte nicht, wie er sie sich vorstellen sollte. Er wußte zum Beispiel nicht genau, warum er eigentlich in Paris war, obwohl er genau rekonstruieren konnte, was ihn hierhergeführt hatte, an diesen Tisch, vor diesen Teller mit *moules meunières*, zu diesem Gefühl großer Erschöpfung, mit dem er die Touristen beobachtete, die vielleicht alle von dem träumten, was immer er träumte, aber in Wirklichkeit ganz genau wußten, wo sie hingingen, und ebenso genau, warum sie da waren. Möglicherweise waren sie die Klügeren, dachte er, mit ihrem warm erleuchteten, eng bemessenen Leben in weit entfernten Landschaften. Vielleicht hatte er den Punkt schon erreicht oder war sogar darüber hinaus, wo er sich nicht mehr darum kümmerte, was mit ihm selbst geschah – wobei die Verknüpfungspunkte eines guten Lebens, das wußte er, klein und subtil waren und meistens bloß Glücksfälle, die man kaum bemerkte. Aber man konnte sie zerstören und nie ganz genau wissen, wie man es eigentlich angestellt hatte. Bloß, daß alles anfing, schiefzugehen und auseinanderzufallen. Das eigene Leben konnte auf dem Weg in die Zerstörung sein, so daß man auf der Straße landete, vollkommen aus dem Blickfeld verschwand, und man selbst konnte, trotz aller Bemühungen und aller Hoffnungen, daß es anders liefe, nur danebenstehen und zuschauen.

An den nächsten beiden Tagen rief er Josephine Belliard nicht an, obwohl er die ganze Zeit daran dachte, sie anzurufen. Er dachte, er würde ihr vielleicht zufälligerweise begegnen, wie sie gerade zur Arbeit ging. Seine protzige kleine Wohnung eines Roué war nur vier Blocks vom Verlag entfernt, bei dem sie arbeitete, in der rue de Lille, und wo er, in einem vollkommen anderen Leben, vor kaum mehr als einer Woche einen absolut respektablen Geschäftsbesuch gemacht hatte.

Er spazierte, sooft er konnte, durch die nahe gelegenen Straßen, um eine Zeitung oder Lebensmittel bei den kleinen Marktständen an der rue de Seine zu kaufen, oder bloß, um sich die Schaufenster anzusehen und sich in den schmalen, gepflasterten Gassen allmählich zurechtzufinden. Ihm mißfiel der Gedanke, daß er bloß wegen Josephine Belliard in Frankreich war, bloß wegen einer Frau, und noch dazu wegen einer, die er in Wirklichkeit kaum kannte, aber an die er dennoch ständig dachte und die er mit nicht nachlassendem Eifer »zufällig« treffen wollte. Er hatte das Gefühl, er sei aus einem anderen Grund da, einem subtilen, beharrlichen, wenn auch weniger greifbaren Grund, den er vor sich selbst nicht genau benennen konnte, der aber, wie er fühlte, letztlich nur dadurch, daß er hier war und sich so fühlte, wie er es jetzt tat, seinen Ausdruck finden würde.

Aber er sah Josephine Belliard nicht ein einziges Mal auf der rue de Lille oder dem Boulevard St. Germain auf dem Weg zur Arbeit oder am Café Flore oder der Brasserie Lipp vorbeigehen, wo er erst vor einer Woche mit ihr zu Mittag gegessen hatte und wo die Forelle ganz sandig gewesen war, was er aber nicht erwähnt hatte.

Bei seinen Spaziergängen durch fremde Straßen dachte er oft über Barbara nach; nicht mit einem Gefühl der Schuld oder gar des Verlusts, sondern unwillkürlich, gewohnheitsmäßig. Ihm fiel auf, daß er für sie einkaufte;

er entdeckte eine Bluse oder einen Schal oder einen antiken Anhänger oder ein Paar emaillierte Ohrringe, die er kaufen und mit nach Hause bringen konnte. Ihm fiel auf, wie er sich Dinge merkte, die er ihr erzählen wollte – daß in Frankreich zum Beispiel siebzig Prozent der Bevölkerung für Atomwaffen waren, eine Schlagzeile, die er auf der Titelseite des *L'Express* entziffert hatte und die in seinem Kopf kursierte wie ein Elektron, das keinen anderen Gegenpol besaß als Barbara, die tatsächlich eine Befürworterin atomarer Macht war. Sie besetzte, das erkannte er, den Ort letzter Konsequenz in seinem Leben – der Bestimmungsort von praktisch allem, was ihm wichtig war oder was er wahrnahm oder sich vorstellte. Und so einen Menschen traf man nur einmal im Leben. Bloß erfuhr diese Situation im Moment, oder zumindest vorläufig, eine Veränderung. Solche Dinge, wie in Paris zu sein und auf seine Chance zu warten, Josephine zu sehen, hatten gewissermaßen keinen Bestimmungsort, oder anders gesagt, sie begannen und erloschen in ihm selbst. Und so wollte er die Dinge jetzt haben. Das war die verworrene Erklärung, die er in den letzten paar Tagen nicht genau artikuliert hatte. Er wollte, daß die Dinge, was immer für Dinge es waren, nur ihn und nichts als ihn betrafen.

Am dritten Tag, um vier Uhr nachmittags, rief er Josephine Belliard an. Er rief sie zu Hause statt im Büro an und dachte, daß sie nicht da sein würde und daß er eine kurze, vielleicht unergründbare Nachricht auf Band hinterlassen könnte, um sie dann die nächsten paar Tage nicht anzurufen, als ob er zu beschäftigt sei, um zu bestimmten Zeiten zur Verfügung zu stehen. Aber nachdem ihr Telefon zweimal geklingelt hatte, nahm sie ab.

»Hi«, sagte Austin, verblüfft darüber, daß Josephine plötzlich tatsächlich am Apparat war, nur ein Stückchen von der Stelle entfernt, wo er jetzt stand, und sich ohne Frage wie sie selbst anhörte. Ihm wurde gleich ein wenig flau. »Ich bin's, Martin Austin«, brachte er mit schwacher Stimme heraus. Noch bevor Josephine mehr als »Hallo« sagen konnte, hörte er ein Kind im Hintergrund schreien. »Nooooooo!« Das Kind, natürlich Leo, schrie noch einmal.

»Wo bist du?« sagte sie mit hektischer Stimme. Er hörte, wie etwas in dem Zimmer, aus dem sie telefonierte, laut zu Boden fiel. »Bist du jetzt in Chicago?«

»Nein, ich bin in Paris«, sagte Austin, der mit Mühe versuchte, die Fassung zu bewahren und sehr leise sprach.

»Was machst du hier?« sagte Josephine. Sie war überrascht. »Bist du jetzt wieder geschäftlich hier?«

Irgendwie war das eine beunruhigende Frage. »Nein«, sagte er, immer noch sehr schwach. »Ich bin nicht geschäftlich hier. Ich bin bloß hier. Ich habe eine Wohnung.«

»*Tu as un appartement!*« sagte Josephine noch überraschter. »Wofür?« sagte sie. »Warum? Ist deine Frau bei dir?«

»Nein«, sagte Austin. »Ich bin allein hier. Ich habe vor, eine Weile zu bleiben.«

»*Oooo-la-laaa*«, sagte Josephine. »Hast du furchtbaren Krach zu Hause? Ist das der Grund?«

»Nein«, log Austin. »Wir hatten keinen furchtbaren Krach zu Hause. Ich habe beschlossen, eine Weile wegzugehen. Das ist doch nicht so ungewöhnlich, oder?«

Leo schrie wieder wild auf. »*Ma-man!*« Josephine sprach geduldig auf französisch mit ihm. »Bitte sei still, Liebling«, sagte sie. »In einer Minute komme ich, dir zuhören.« Eine Minute schien nicht sehr viel Zeit, aber Austin wollte nicht lange am Telefon bleiben. Josephine schien viel französischer zu sein, als er in Erinnerung hatte. In seiner Vorstellung war sie beinahe eine Amerikanerin gewesen, nur mit einem französischen Akzent. »Okay. Also«, sagte sie ein bißchen außer Atem. »Du bist jetzt hier. In Paris.«

»Ich möchte dich sehen«, sagte Austin. Es war der Augenblick, auf den er gewartet hatte – sogar mehr noch als auf den Augenblick, in dem er sie endlich sehen würde –, der Augenblick, in dem er seine Anwesenheit verkünden würde. Unbehindert verfügbar. Willig. Das machte eine Menge aus. Er zog sogar seinen Ehering vom Finger und legte ihn auf den Tisch neben das Telefon.

»Ja?« sagte Josephine. »Was …« Sie hielt inne, fing dann wieder an. »Was möchtest du mit mir machen? Wann möchtest du? Was?« Sie war ungeduldig.

»Was auch immer. Wann auch immer«, sagte Austin. In dem Moment fühlte er sich so gut wie seit Tagen nicht mehr. »Heute abend«, sagte er. »Oder tagsüber. In zwanzig Minuten.«

»In zwanzig Minuten! Also bitte. Nein!« sagte sie und lachte, aber auf eine interessierte, eine erfreute Weise – das konnte er spüren. »Nein, nein, nein«, sagte sie. »Ich muß in einer Stunde zu meinem Anwalt gehen. Ich muß jetzt meine Nachbarin finden, damit sie auf Leo aufpaßt. Es ist unmöglich jetzt. Ich bin in der Scheidung. Du weißt das bereits. Es bringt mich durcheinander. Also.«

»Ich passe auf Leo auf«, sagte Austin überstürzt.

»Du willst auf ihn aufpassen!« sagte Josephine und lachte wieder. »Du hast doch keine Kinder, oder? Du hast das gesagt.«

»Ich will ihn ja nicht adoptieren«, sagte Austin. »Aber ich passe eine Stunde auf ihn auf. Dann kannst du deine Nachbarin holen, und ich führe dich zum Essen aus. Wie findest du das?« Er war voller Selbstvertrauen. Es würde alles wunderbar laufen.

»Er mag dich nicht«, sagte Josephine. »Er mag nur seinen Vater am liebsten. Er mag nicht einmal mich.«

»Ich bringe ihm Englisch bei«, sagte Austin. »Ich bringe ihm bei, wie man ›Chicago Cubs‹ sagt.« Er konnte spüren, wie seine Begeisterung sofort erlosch. »Wir werden richtige Freunde werden.«

»Was ist Chicago Cubs?« sagte Josephine.

»Das ist eine Baseballmannschaft.« Und er fühlte sich, nur einen unerwarteten Augenblick lang, trostlos. Nicht weil er wünschte, daß er zu Hause war oder daß Barbara da war oder daß irgend etwas ganz anders war. Alles war so, wie er es sich erhofft hatte. Er wünschte schlicht, er hätte die Cubs nicht erwähnt. Das war übertrieben zuversichtlich, dachte er. Es war falsch gewesen, das zu sagen. Ein Fehler.

»Also. Gut«, sagte Josephine, die sich geschäftsmäßig

anhörte. »Du kommst dann hierher? Ich gehe zu meinem Anwalt, um die Papiere zu unterschreiben. Dann haben wir vielleicht ein Abendessen zusammen, ja?«

»Ganz genau«, sagte Austin, und alle Trostlosigkeit war verschwunden. »Ich komme sofort. Ich gehe in fünf Minuten los.« Auf der dunklen Velourswand wurde ein großes Ölgemälde von einem kleinen metallenen Strahler angeleuchtet, auf dem zwei nackte Männer sich in einem angestrengten Kuß umschlungen hielten. Keines der beiden Gesichter war zu sehen, und ihre Körper waren muskulös wie die von Gewichthebern, wobei die Genitalien durch ihre verdrehte Pose verdeckt wurden. Sie saßen auf einem Felsen, der sehr grob dargestellt war. Es war wie Laokoon, dachte Austin, nur verderbt. Er hatte sich gefragt, ob einem der beiden Männer die Wohnung gehört hatte, oder möglicherweise war der Besitzer der Maler oder der Geliebte des Malers. Er fragte sich, ob einer von ihnen an diesem Nachmittag noch lebte. Er haßte das Gemälde und hatte beschlossen, es abzuhängen, bevor er Josephine hierherbrächte. Und das war es, was er vorhatte – sie hierherzubringen, heute abend, wenn möglich, und sie bis zum Morgen bei sich behalten, wenn sie dann losgehen und in der kühlen Sonne im Deux Magots sitzen und Kaffee trinken konnten. Wie Sartre.

»Martin?« sagte Josephine. Er wollte gerade auflegen und das kitschige Laokoon-Gemälde abhängen. Er vergaß beinahe, daß er noch mit ihr redete.

»Was? Ich bin hier, Süße«, sagte Austin. Obwohl es auch witzig sein könnte, es hängen zu lassen. Es könnte das Eis zwischen ihnen brechen, ihnen etwas geben, worüber sie sich auslassen konnten, wie die Spiegel an der Decke, bevor die Dinge dann ernster wurden.

»Martin, was machst du hier?« sagte Josephine in einem merkwürdigen Tonfall. »Ist alles in Ordnung?«

»Ich bin hier, um dich zu sehen, Liebling«, sagte Austin. »Warum sonst? Ich sagte, daß ich dich bald wiedersehen würde, und so habe ich es auch gemeint. Ich bin eben einfach jemand, der sein Wort hält.«

»Du bist aber ein sehr unkluger Mann«, sagte Josephine und lachte, nicht mehr ganz so erfreut wie zuvor. »Aber«, sagte sie. »Was kann ich machen?«

»Du kannst überhaupt nichts machen«, sagte Austin. »Geh einfach heute abend mit mir aus. Danach mußt du mich nie wiedersehen.«

»Ja. Okay«, sagte Josephine. »Das ist eine vernünftige Abmachung. Also. Du kommst hier zu mir. *Ciao.*«

»*Ciao*«, sagte Austin mit eigenartiger Stimme und war sich nicht vollkommen sicher, was *ciao* eigentlich bedeutete.

7 Josephines Wohnhaus war nicht besonders auffällig und lag in einer Straße mit ähnlich aussehenden alten Gebäuden, die weiße Jugendstilfassaden hatten und auf den Jardin du Luxembourg blickten. In der winzigen dunklen Eingangshalle gab es einen funktionierenden eleganten Art-déco-Fahrstuhl mit einem vergitterten Fahr-

korb. Aber da Josephine im zweiten Stock wohnte, ging Austin zu Fuß, nahm zwei Stufen auf einmal, und bei jedem weitausholenden Schritt schlug das kleine grüne Paisley-Ei an sein Bein.

Als er klopfte, riß Josephine sofort die Tür auf und warf die Arme um seinen Hals. Sie umarmte ihn, dann nahm sie sein Gesicht zwischen die Hände und küßte ihn hart auf den Mund. Der kleine Leo, der gerade von einem Zimmer ins andere gerannt war und mit einem hölzernen Trommelstock gewedelt hatte, blieb stocksteif mitten im Zimmer stehen und starrte sie an, schockiert darüber, daß seine Mutter einen Mann küßte, den er, soweit er sich erinnern konnte, noch nie gesehen hatte.

»Jetzt muß ich mich beeilen«, sagte Josephine, ließ sein Gesicht los und eilte wieder an das offene Fenster, von dem aus man auf die Seitenstraße sah, die zum Park führte. Sie war gerade dabei, Lidschatten aufzulegen, und benutzte dazu einen winzigen Taschenspiegel und das Licht von draußen.

Josephine trug eine schlichte weiße Bluse und merkwürdige weite Hosen, die wild durcheinander mit Zirkustieren in grellen Farben bedruckt waren. Es waren merkwürdige, unvorteilhafte Hosen, dachte Austin, und sie paßten so, daß ihr kleiner Bauch eine nicht zu übersehende runde Wölbung unter ihrem Hosenbund bildete. Josephine wirkte ein wenig dick und etwas ungepflegt. Sie drehte sich um und lächelte ihn an, während sie sich schminkte. »Wie fühlst du dich?« sagte sie.

»Ich fühle mich großartig«, sagte Austin. Er lächelte auf den kleinen Leo hinab, der nicht aufgehört hatte, ihn anzustarren, wobei er seinen Trommelstock hochhielt wie einer jener kleinen Holzindianer in den amerikanischen Tabakläden. Das Kind trug kurze Hosen und ein weißes T-Shirt, auf dem die Worte BIG TIME AMERICAN LUXURY über einem riesigen roten Cadillac-Kabriolett standen, das aus seiner Brust herauszupreschen schien.

Leo äußerte irgend etwas sehr schnell auf französisch, sah dann zu seiner Mutter und wieder zu Austin, der noch nicht weit ins Zimmer hineingekommen war, seit er umarmt und geküßt worden war.

»*Non, non, Leo*«, sagte Josephine und lachte seltsam vergnügt. Sie entgegnete ihm etwas auf französisch. »Er fragt, ob du mein neuer Ehemann bist. Er meint, daß ich jetzt einen Ehemann brauche. Er ist sehr durcheinander.« Sie fuhr fort, Lidschatten aufzutragen. Sie sah hübsch aus im Licht am Fenster, und Austin wollte einfach hinübergehen und ihr einen viel bedeutenderen Kuß geben. Aber das Kind starrte ihn immer noch an, hielt seinen Trommelstock hoch, und Austin fühlte sich dadurch verlegen und zögerlich, nicht so, wie er sich hatte fühlen wollen. Er hatte gedacht, er würde sich frei fühlen und vollkommen entspannt und allem gewachsen.

Er griff in die Hosentasche, nahm das Holzei in die Hand und kniete vor dem kleinen Jungen nieder, um ihm zwei geballte Fäuste hinzuhalten.

»*J'ai un cadeau pour toi*«, sagte er. Er hatte diese Worte geübt und fragte sich nun, wie gut er sie getroffen hatte. »Ich habe ein hübsches Geschenk für dich«, sagte er auf englisch, um sich selbst zufriedenzustellen. »*Choissez le main.*« Austin versuchte zu lächeln. Er wackelte mit der richtigen Hand, der rechten Hand, und versuchte, die Aufmerksamkeit des Kindes auf sich zu ziehen. »*Choissez le main, Leo*«, sagte er noch einmal und lächelte ein wenig verbissen. Austin sah Josephine an, damit sie ihn ermunterte, aber sie prüfte immer noch ihr Aussehen in dem kleinen Spiegel. Sie sprach dann allerdings sehr energisch mit Leo, der mit zusammengezogenen dunklen kleinen Brauen auf die beiden ihm hingehaltenen Fäuste starrte. Langsam zeigte er mit seinem Trommelstock auf Austins rechte Faust, die, mit der er gewackelt hatte. Sehr langsam – als ob er eine Kiste öffnete, die mit Gold gefüllt war – öffnete Austin seine Finger, um ihm das leuchtende kleine grüne Ei mit dem goldenen Paisleymuster und den roten Schneeflocken zu zeigen. Einige Tupfen der grünen Farbe klebten an seiner Hand, was ihn überraschte. »*Voilà*«, sagte Austin dramatisch. »*C'est une jolie œuf!*«

Der kleine Leo starrte gebannt auf das feuchte Ei in Austins weicher Handfläche. Er sah zu Austin hoch mit einem Ausdruck geübter Neugierde, wobei er seine kleinen dünnen Lippen spitzte, als ob ihn etwas beunruhigte. Sehr zaghaft streckte er den hölzernen Trommelstock aus und berührte das Ei, dann stupste er das Ei mit der schmalen Spitze an, mit dem Ende, mit dem man auf die Trommel schlug. Austin bemerkte, daß Leo zwei oder drei große rauhe Warzen an seinen winzigen Fingern hatte, und ein kaltes Gefühl des Unglücks, das er aus seiner eigenen Kindheit kannte, stieg plötzlich in ihm auf, was ihm Leo für einen Augenblick zerbrechlich und sympathisch erscheinen ließ. Aber mit überraschender Schnelligkeit hob das Kind den Trommelstock und schlug auf das Ei, das immer noch in Austins ausgestreckter Hand lag – ein wütender Schlag, mit dem er es anscheinend zerschmettern und Austins Fingern obendrein einen schmerzhaften Hieb verpassen wollte.

Aber obwohl der Schlag den glänzenden grünen Emaillebelag abplatzen ließ und Austin die Wucht wie einen Schock spürte, zerbrach das Ei nicht. Und das bleiche Gesicht des kleinen Leo nahm einen Ausdruck beherrschter Wut an. Er ließ gleich noch zwei rachsüchtige Hiebe folgen, wovon der zweite Austins Daumen einen stechenden und dann betäubenden Schlag versetzte, dann drehte er sich um und floh aus dem Zimmer, die Diele hinunter und durch eine Tür, die er hinter sich zuschlug.

Austin sah Josephine an, die am Fenster gerade fertig wurde. »Ich habe es dir vorher gesagt«, sagte sie und schüttelte den Kopf.

»Das hat nicht so gut geklappt«, sagte er und drückte seinen Daumen, damit er ihn nicht erwähnen mußte.

»Es ist nicht wichtig«, sagte sie, ging zur Couch und steckte ihren Taschenspiegel in die Handtasche. »Er ist immerzu wütend. Manchmal schlägt er mich. Mach dir nichts draus. Es war lieb, daß du ihm etwas mitgebracht hast.«

Was Austin aber fühlte, war, daß er Josephine küssen wollte – jetzt, wo sie allein waren –, sie in einer Weise küssen, die besagte, daß er da war und daß es nicht bloß ein Zufall war, daß er die ganze Zeit an sie gedacht hatte und wollte, daß auch sie an ihn dachte, und daß diese ganze Sache, die in der letzten Woche in aller Vorsicht und gutgemeinten Zurückhaltung begonnen hatte, eine neue Ebene erreicht hatte, eine Ebene, die man ernster nehmen mußte. Sie konnte ihn jetzt lieben. Er konnte sich sogar vorstellen, sie zu lieben. Vieles war möglich, von dem man sich noch vor ein paar Tagen nichts hätte träumen lassen.

Er ging zu ihr hinüber, schob das Ei wieder in die Hosentasche, während sein verletzter Daumen pochte. Sie stand in ihren idiotischen Tierhosen über die Couch gebeugt, und er packte sie etwas rauh an den Hüften – wobei er das Gesicht einer gelben Giraffe und eines grauen Rhino mit den Händen bedeckte – und zog an ihr, versuchte, sie zu sich umzudrehen, damit er ihr den Kuß geben konnte, den er ihr geben wollte, den maßgeblichen, der seine bedeutsame Ankunft auf dem Schauplatz des Geschehens signalisierte. Aber sie sprang auf, als ob er sie erschreckt hätte, und sie rief: »Stop, was ist denn!«, als er versuchte, ihr Gesicht vor seines zu bekommen. Sie hatte einen Lippenstift in der Hand, und sie schien irritiert, ihm so nahe zu sein, obwohl sie süß roch, überraschend süß. Wie eine Blume, dachte er.

»Es gibt etwas Wichtiges zwischen uns, denke ich«, sagte Austin direkt in Josephines irritiertes Gesicht. »So wichtig, daß ich den ganzen Weg über den Ozean zurückgekommen bin und meine Frau verlassen habe und vielleicht hinnehmen muß, daß ich hier alleine bin.«

»Was?« sagte sie. Sie verzog den Mund und, ohne ihn direkt wegzustemmen, schob sie ihn doch mit soviel

Kraft, daß sich ein kleiner Abstand zwischen ihnen auftat. Er hielt sie immer noch an den Hüften, die von Tiergesichtern wimmelten. Eine dunkle Kruste von Lidschatten klebte dort, wo sie ihre Augen bearbeitet hatte.

»Du sollst dich nicht unter Druck gesetzt fühlen«, sagte er und sah sie ernst an. »Ich möchte dich nur sehen. Das ist alles. Vielleicht ein bißchen mit dir allein sein. Wer weiß, wohin es führt?«

»Du bist sehr erschöpft, denke ich.« Sie kämpfte, um von ihm loszukommen. »Vielleicht kannst du dich ein bißchen ausruhen, während ich weg bin.«

»Ich bin nicht müde«, sagte Austin. »Ich fühle mich großartig. Ich habe eine reine Weste. Nichts belastet mich.«

»Das ist gut«, sagte sie und lächelte und schob sich in dem Moment entschlossen von ihm weg, als Austin näherkam, um ihr den bedeutsamen Kuß zu geben. Aber Josephine küßte ihn schnell zuerst, gab ihm den gleichen harten, leidenschaftslosen Kuß, mit dem sie ihn vor fünf Minuten begrüßt und der ihn unbefriedigt gelassen hatte.

»Ich möchte dich richtig küssen, nicht so«, sagte Austin. Er zog sie wieder fest an sich, packte ihre weiche Taille und preßte den Mund wieder auf ihren. Er küßte sie so sanft, wie er konnte, während sie sich steif machte und voller Widerstand blieb und den Mund so geformt hatte, als wollte sie nicht einen Kuß empfangen, sondern sofort zu sprechen beginnen, sobald der Kuß vorbei war. Austin dehnte diesen Kuß für einen langen Moment aus, mit geschlossenen Augen, atmete durch die Nase und versuchte zu fühlen, ob sein eigener Wunsch nach Zärtlichkeit sie entflammen, eine zärtliche Antwort bei ihr hervorrufen konnte. Aber wenn sie irgendeine Zärtlichkeit für ihn empfand, dann war sie von der unabsichtlichen Art – eher nachsichtig. Und als er sie etwa sechs bis acht Sekunden lang geküßt hatte, bis er ihren Atem geatmet und sie ihren Widerstand aufgegeben hatte, machte er einen Schritt zurück und sah sie an – eine Frau, von der er das Gefühl hatte, daß er sie vielleicht lieben könnte – und nahm ihr Kinn zwischen Daumen und Zeigefinger und sagte: »Das ist wirklich alles, was ich wollte. Das war doch gar nicht so schlimm, oder?«

Sie schüttelte flüchtig den Kopf und sagte sehr leise, beinahe unterwürfig: »Nein.« Sie hatte den Blick gesenkt, wenn auch nicht auf eine Weise, die ihm Vertrauen einflößte, sondern eher, als warte sie auf etwas.

Er hatte das Gefühl, daß er sie jetzt gehen lassen sollte; das war das, was er jetzt tun mußte. Er hatte sie gezwungen, ihn zu küssen. Sie hatte nachgegeben. Nun sollte sie frei sein zu tun, was sie wollte.

Josephine wandte sich eilig wieder ihrer Handtasche auf der Couch zu, und Austin ging ans Fenster und ließ den Blick über die unzähligen Bäume des Jardin du Luxembourg wandern. Die Luft war kühl und mild, und das Licht an diesem späten Nachmittag wirkte weich und schwer. Er hörte Musik, Gitarrenmusik von irgendwoher und den leisen Klang einer Stimme, die sang. Er sah einen Jogger, der durch das Parktor und auf die Straße unter ihm hinausrannte, und er fragte sich, was jemand, der ihn am Fenster stehen sah, wohl denken würde – jemand, der für einen Augenblick aus dem prächtigen Park hochblickte und einen amerikanischen Mann in dem Appartement einer Französin sah. Würde man gleich erkennen, daß er ein Amerikaner war? Oder würde er möglicherweise wie ein Franzose wirken? Würde er reich wirken? Würde man seinen zufriedenen Gesichtsausdruck erkennen? Er war sich beinahe sicher, daß man diesen Ausdruck erkennen würde.

»Ich muß jetzt zum Anwalt gehen«, sagte Josephine hinter ihm.

»Gut. Geh ruhig«, sagte Austin. »Komm bald wieder. Ich werde auf den kleinen Gene Krupa aufpassen. Dann werden wir uns einen schönen Abend machen.«

Josephine hatte ein dickes Bündel Papiere, das sie in eine Aktentasche aus Plastik stopfte. »Vielleicht«, sagte sie zerstreut.

Austin sah sich selbst, wie er mit Hank Bullard über dessen Air-Conditioning-Firma redete. Sie saßen in einem Café in einer sonnigen Seitenstraße. Hank hatte gute Nachrichten und bot ihm eine vielversprechende Partnerschaft an. Josephine ging eilig in den Flur hinaus, wobei ihre flachen Schuhe über die Dielen scharrten. Sie öffnete die Tür zu Leos Zimmer und sprach schnell und beruhigend auf ihn ein, ohne Austins Namen zu erwähnen. Dann schloß sie die Tür, ging ins Bad und benutzte die Toilette, ohne hinter sich zuzumachen. Austin konnte von dort, wo er im Wohnzimmer stand, nicht in den Flur sehen, aber er konnte hören, wie sie pinkelte, das kleine Rinnsal von Wasser, das auf Wasser traf. Es war ein Geräusch, das er tausendmal gehört hatte – Barbara schloß immer die Tür, und er tat es auch –, aber es war ein Geräusch, das er nicht besonders mochte und gewöhnlich zu hören vermied. Nicht, daß er zimperlich war, aber das Geräusch wirkte so alltäglich, so sachlich auf ihn, daß es ihm sein gutes Gefühl zu rauben drohte. Er bedauerte, es ausgerechnet jetzt hören zu müssen, er bedauerte, daß Josephine sich nicht die Mühe machte, die Tür zu schließen.

Einen Augenblick später war sie jedoch wieder draußen und in der Wohnzimmertür. Sie griff nach der Aktentasche, während das Wasser in den Leitungen rauschte. Sie warf Austin durch das Zimmer einen seltsamen, gehetzten Blick zu, als sei sie überrascht, daß er da war, und sich nicht ganz sicher, weshalb. Es war, so dachte er, ein Blick, den man einem unwichtigen Angestellten zuwarf, der etwas Unverständliches gesagt hatte.

»Also. Ich gehe jetzt«, sagte sie.

»Ich werde hier sein«, sagte Austin, sah sie an und fühlte sich plötzlich hilflos. »Komm schnell wieder, okay?«

»Ja, sicher. Okay«, sagte sie. »Ich beeile mich. Bis bald.«

»Bestens«, sagte Austin. Sie ging zur Wohnungstür hinaus und eilte über die hallenden Treppenstufen hinunter auf die Straße.

Eine Weile ging Austin in der Wohnung umher und schaute sich um – schaute sich Dinge an, die Josephine Belliard mochte oder die ihr besonders lieb waren oder sie behalten hatte, als ihr Mann auszog. Gegenüber der einen Seite ihres kleinen Schlafalkovens, den sie mit imitierten chinesischen Paravents aus Reispapier abgetrennt hatte, um sich zurückziehen zu können, war eine Bücherwand. Dort standen weiche französische Broschurbände, meist Bücher zu soziologischen Themen, aber es waren auch Bücher auf deutsch darunter. Über ihr bescheidenes Bett war eine saubere, sich bauschende weiße Tagesdecke gebreitet, auf der große daunige weiße Kissen lagen. Es gab kein Kopfbrett – bloß das niedrige Bettgestell. Es war schlicht, aber sehr ordentlich, dachte Austin. Ein Exemplar des schäbigen Romans ihres Exmanns *in spe* lag auf dem Nachttisch, und mehrere Seiten waren grob umgeknickt. Er glättete eine Seite und las dabei einen Satz, in dem eine Figur namens Solange bei jemandem namens Albert auf ziemlich unbeteiligte Art Fellatio ausführte. Er erkannte die erotisch aufgeladenen Worte: *Fellation. Lugubre.* Albert redete die ganze Zeit, während sie es bei ihm machte, darüber, daß sein Auto repariert werden müsse. *Un Amour Secret* lautete der abgedroschene Titel des Buches, und Bernards finster dreinblickendes, herablassendes Gesicht war nicht abgebildet.

Er fragte sich, wieviel mehr Bernard wußte als er. Eine ganze Menge, dachte er, wenn das Buch auch nur zur Hälfte auf der Wirklichkeit beruhte. Aber gerade das Unbekannte war interessant. Man mußte sich damit auf die eine oder andere Weise auseinandersetzen. Wobei es ebenso das eigene Unbekannte sein konnte und nicht bloß das eines anderen. Aber die Vorstellung von Fellatio mit Josephine – etwas, woran er bis zu diesem Augenblick nicht einmal gedacht hatte – erregte ihn, und plötzlich kam ihm der Gedanke, daß etwas ausgesprochen Sexuelles darin lag, wenn er zwischen ihren Privatsachen herumschnüffelte und ihr Schlafzimmer erkundete, ein Zimmer und ein Bett, bei denen er sich gut vorstellen konnte, daß er sich selbst demnächst darin wiederfinden würde. Bevor er sich von dem Bett entfernte, legte er das grüne Paisley-Ei auf ihren Nachttisch neben das Exemplar des schmierigen Buches von ihrem Mann. Es würde einen Kontrast schaffen, dachte er, sie vielleicht daran erinnern, daß sie auch andere Möglichkeiten hatte.

Er sah aus dem Schlafzimmerfenster hinaus auf den Park. Es war die gleiche Aussicht wie aus dem Wohnzimmer – der friedliche symmetrische Park mit seinen ausladenden großblättrigen Kastanien, dem kurz geschorenen grünen Rasen, den Formsträuchern, Taxushecken und blassen Kieswegen, die kreuz und quer hindurchführten, der alten Ecole Supérieure des Mines, die auf der gegenüberliegenden Seite aufragte, und dem Palais Luxembourg zur Linken. Auf einer der Wiesen saßen ein paar Hippies mit gekreuzten Beinen in einem engen kleinen Kreis und ließen einen Joint herumgehen. Sonst war niemand zu sehen, obwohl das Licht kühl war, weich und einladend, und Vögel darin umherflogen. Irgendwo in der Nähe schlug eine Uhr. Die Gitarrenmusik hatte aufgehört.

Es wäre schön, dort spazierenzugehen, dachte Austin – mit Josephine –, die süße Luft der Kastanienbäume zu atmen und den Blick schweifen zu lassen. Das Leben war ganz anders hier. Diese Wohnung war ganz anders als sein Haus in Oak Grove. Er fühlte sich hier anders. Das Leben schien sich in der Tat in sehr kurzer Zeit bemerkenswert gesteigert zu haben. Alles, wessen es dazu bedurfte, dachte er, war der Mut, die Dinge in die Hand zu nehmen und mit den Folgen zu leben.

Er nahm an, daß der kleine Leo in seinem Zimmer schlief und daß er ihn dort auch ganz gut allein lassen konnte. Aber als er sich hingesetzt und etwa zwanzig Minuten lang die französische *Vogue* durchgeblättert hatte, hörte er, wie sich hinten die Tür zum Flur öffnete, und Sekunden später erschien der kleine Junge an der Ecke. Er wirkte verwirrt und irgendwie benommen und trug immer noch sein BIG-TIME-AMERICAN-LUXURY-T-Shirt mit dem großen roten Cadillac, der aus seiner Brust hervorpreschte. Er hatte auch immer noch seine kleinen Schuhe an.

Leo rieb sich die Augen und sah jämmerlich aus. Ohne Zweifel hatte ihm Josephine etwas gegeben, um ihn ruhigzustellen – etwas, was in den Staaten nie passieren würde. Aber in Frankreich, dachte er, behandelten Erwachsene Kinder anders. Intelligenter.

»*Bon soir*«, sagte Austin mit einem leicht ironischen Tonfall und lächelte, wobei er die *Vogue* weglegte.

Leo beäugte ihn mürrisch und mißtrauisch, weil diese Person, die absolut kein Franzose war, mit ihm französisch sprach. Er ließ den Blick auf der Suche nach seiner Mutter schnell durchs Zimmer gleiten. Austin überlegte, ob er das leicht diskreditierte Paisley-Ei noch einmal ins Spiel bringen sollte, entschied aber dagegen. Er blickte auf die Uhr auf dem Bücherregal: Fünfundvierzig Minuten mußten irgendwie herumgebracht werden, bevor Josephine zurückkam. Aber wie? Wie konnte man die Zeit so verbringen, daß Leo glücklich war und er möglicherweise seine Mutter beeindrucken konnte? Die Cubs-Idee würde nicht funktionieren – Leo war zu jung. Er kannte keine Spiele oder Zaubertricks. Er verstand nichts von Kindern, und er bedauerte es jetzt wirklich, daß der Junge aufgewacht war. Er bedauerte es, daß er überhaupt hier war.

Aber er dachte an den Park – den Jardin du Luxembourg – direkt vor der Haustür. Ein schöner Spaziergang im Park würde sie vielleicht auf den richtigen Weg bringen, dachte er. Er konnte nicht mit dem Kind reden, aber er konnte ihm zuschauen, während es sich vergnügte.

»*Voulez-vous aller au parc?*« sagte Austin und zeigte Leo ein großes, ernsthaftes Lächeln. »*Maintenant? Peut-être? Le parc? Oui?*« Er zeigte auf das offene Fenster und die kühle, stille Abendluft, durch die die Schwalben schossen.

Leo sah ihn mit gerunzelter Stirn an und dann, immer noch benommen, zum Fenster hinaus. Er faßte sich vorn mit festem Griff an die Hose – ein Zeichen, das Austin verstand – und antwortete nicht.

»Na, was meinste? Komm, wir gehen in den Park«, sagte Austin mit lauter, begeisterter Stimme. Er sprang beinahe auf. Leo würde es schon verstehen. *Parc.* Park.

»*Parc?*« sagte der kleine Leo und drückte noch ängstlicher seinen kleinen Zipfel. »*Maman?*« sagte er und sah beinahe schwachsinnig aus.

»*Maman est dans le parc*«, sagte Austin und dachte, daß sie vom Park aus Josephine sicherlich sehen würden, wenn sie vom Rechtsanwalt zurückkehrte, und daß es sich schon nicht als komplette Lüge herausstellen würde – und wenn doch, so käme Josephine schließlich irgendwann nach Hause und könnte die Situation wieder in den Griff kriegen, bevor sie zum Problem wurde.

Es konnte sogar sein, dachte er, daß er dieses Kind danach überhaupt nie wieder sah oder daß Josephine zurückkehrte und ihn nie wiedersah oder daß Josephine zurückkehrte und ihn nie wiedersehen wollte. Obwohl ihm ein noch dunklerer Gedanke kam: daß Josephine nie wiederkam, sondern einfach beschloß, zu verschwinden, irgendwo auf dem Weg nach Hause vom Rechtsanwalt. So etwas kam vor. In Chicago wurden andauernd Babys ausgesetzt, und keiner wußte, was mit ihren Eltern passiert war oder wohin sie verschwunden waren. Er kannte niemanden, den sie kannte. Er wußte nicht, an wen er sich wenden sollte. Es war ein alptraumhafter Gedanke.

Innerhalb von fünf Minuten hatte er Leo im Badezimmer und wieder draußen. Glücklich befriedigte Leo sein Bedürfnis, während Austin vor der Tür stand und auf das Bild von Bernards feistem, knolligem Gesicht an der Wand im Kinderzimmer starrte. Es überraschte ihn, daß Josephine es überhaupt hängen ließ. Er hatte sich regelrecht bremsen müssen, ihr nahezulegen, daß sie Bernard eine reinwürgen und ihn, wenn möglich, ordentlich bluten lassen sollte, aber später war ihm gar nicht wohl bei der Vorstellung, daß er gegen einen Mann intrigierte, den er gar nicht kannte.

Als sie die Wohnung verließen, merkte Austin, daß er gar keinen Schlüssel hatte, weder zur Haus- noch zur Wohnungstür, und daß, wenn die Tür ins Schloß fiel, Leo und er auf sich selbst gestellt waren: ein Mann, ein Amerikaner, der ein wenig französisch sprach, allein mit einem fünf Jahre alten französischen Kind, das er nicht kannte, in einem Land, in einer Stadt, in einem Park, wo er ein völlig Fremder war. Niemand würde das für eine besonders gute Idee halten. Josephine hatte ihn nicht gebeten, mit Leo in den Park zu gehen – es war seine eigene Idee, und es war ein Risiko. Aber im Moment kam ihm sowieso alles wie ein Risiko vor – er mußte einfach nur gut aufpassen.

Sie gingen auf die rue Ferou hinaus und um die Ecke, dann, nach einem kurzen Stück, überquerten sie eine breite Straße und gingen durch ein Ecktor in den Park hinein. Leo sagte nichts, bestand aber darauf, Austins Hand zu halten und ihn zu führen, als ob er – Leo – mit Austin in den Park ging, weil er nicht wußte, was er sonst mit ihm anfangen sollte.

Als sie aber erst mal durch das goldverzierte Tor hindurch und auf den blassen Kieswegen waren, die labyrinthartig zwischen Hecken und Bäumen und Beeten führten, auf denen bereits die Narzissen blühten, lief Leo direkt auf einen großen betoneingefaßten Teich zu, auf dem Enten und Schwäne umherschwammen und eine Gruppe älterer Jungen Miniaturboote segeln ließ. Austin blickte zurück, um festzustellen, in welchem Haus Josephines Wohnung lag, an deren Fenster er gestanden hatte, um auf eben diesen Park zu schauen. Aber er konnte ihr Fenster nicht ausmachen, war sich nicht einmal sicher, ob er diesen Teil des Parks von Josephines Fenster aus sehen konnte. Erstens war da kein Teich gewesen, und hier waren außerdem sehr viele Leute, die in dem kühlen anhaltenden Abendlicht spazierengingen – sowohl Liebespaare als auch Ehepaare, wie es schien, die noch einen kleinen Spaziergang machten, bevor sie zum Essen nach Hause gingen. Es war wahrscheinlich Teil der Konzeption des Parks, dachte er, daß neue Teile immer vertraut wirkten, und umgekehrt.

Austin schlenderte zum Betonrand des Teiches hinüber und setzte sich auf eine Bank ein paar Meter entfernt von Leo, der beinahe verzückt zusah, wie die älteren Jungen ihre Boote mit langen dünnen Stöcken steuerten. Es gab keinen Wind, und nur die leisen eifrigen Stimmen der Jungen waren in der Luft zu hören, durch die immer noch Schwalben umherschossen. Die kleinen Boote schwammen lautlos in dem seichten Wasser neben Erdnußschalen und Popcornstückchen, und ein paar Enten und Schwäne glitten gerade außer Reichweite vorüber, beäugten die Boote und warteten darauf, daß die Jungen gingen.

Austin konnte hören, wie in der Nähe Tennisbälle hin- und hergeschlagen wurden, konnte aber nicht sehen, wo. Ein Sandplatz, da war er sich sicher. Er wünschte, er könnte sich hinsetzen und Leuten zusehen, die Tennis spielten, statt Jungen zu beobachten, die sich mit Booten beschäftigten. Frauenstimmen lachten und sprachen auf französisch und lachten wieder, dann wurde wieder ein Tennisball geschlagen. Eine dichte Wand von etwas, was wie Rhododendron aussah, erhob sich hinter einem Rasen, und dahinter, nahm er an, mußten die Plätze sein.

Auf der anderen Seite des Teiches saß ein Mann mit hellbraunem Anzug auf der Betonmauer und wurde von einem anderen Mann fotografiert. Eine teure Kamera war im Einsatz, und der zweite Mann lief ständig hin und her und fand neue Positionen, aus denen er durch den Sucher blicken konnte. »*Su-perb*«, hörte Austin den Fotografen sagen. »*Très, très, très bon.* Bewegen Sie sich jetzt nicht. Nicht bewegen.« Irgendeine berühmte Persönlichkeit, dachte Austin, ein Schauspieler oder ein bekannter Schriftsteller – jemand, der obenauf war. Der Mann wirkte ungekünstelt, schien nicht einmal zu bemerken, daß er fotografiert wurde. Unerwartet drehte sich Leo um und sah Austin an, als ob er – Leo – etwas sagen wollte, etwas äußerst Bedeutsames und Aufregendes über die kleinen Boote. Sein Gesicht war ganz lebendig vor lauter Wichtigkeit. Aber als er Austin sah, der mit übereinandergeschlagenen Beinen auf der Bank saß, verfinsterte die Überlegung, wer Austin war, seine blassen kleinen Züge, und er sah plötzlich geplagt aus und ernüchtert und verschlossen, und er drehte sich schnell wieder um, wobei er noch näher ans Wasser heranging, als hätte er vor, hineinzuwaten.

Er war bloß ein Kind, dachte Austin gelassen, ein Kind mit geschiedenen Eltern; kein kleiner Unmensch oder Tyrann. Man konnte ihn, wenn man geduldig blieb, mit der Zeit für sich einnehmen. Er dachte an seinen eigenen Vater, einen großen, geduldigen, gutherzigen Mann, der in einem Sportfachgeschäft in Peoria gearbeitet hatte. Vor zwei Jahren hatten Austins Mutter und er ihren fünfzigsten Hochzeitstag gefeiert, ein großes Spektakel in einem Zelt im Stadtpark, mit Austins Bruder Ted, der aus Phoenix gekommen war, und all den älteren Cousins und Freunden aus weit entfernten Bundesstaaten und lang vergangenen Jahrzehnten. Eine Woche später hatte sein Vater, während er im Fernsehen die Nachrichten sah, einen Schlaganfall erlitten und war in seinem Sessel gestorben.

Er hatte immer Geduld mit seinen Söhnen gehabt, stellte Austin nüchtern fest. Es hatte in seinem Leben keine Scheidungen gegeben oder plötzliche mitternächtliche Aufbrüche; aber sein Vater hatte immer versucht, die Probleme der jüngeren Generation zu verstehen. Was hätte er also von alldem gehalten, fragte sich Austin? Frankreich. Eine fremde Frau mit einem Sohn. Ein leeres Haus jenseits des Ozeans. Flucht. Lügen. Chaos. Er hätte einen Versuch gemacht, alles zu verstehen, versucht, das Gute darin zu sehen. Aber letztlich wäre sein Urteil hart ausgefallen, und er hätte Barbaras Partei ergriffen, deren Erfolg im Immobilienhandel er bewundert hatte. Er versuchte, sich die genauen Worte seines Vaters vorzustellen, sein Urteil, das er von seinem großen Sessel vorm Fernseher aus gefällt hatte – von genau dem Ort, wo er seine letzten, verzweifelten Atemzüge getan hatte. Aber er konnte es nicht. Er konnte aus irgendeinem Grund die Stimme seines Vaters nicht wiedererschaffen, ihre Kadenzen, ihren genauen Tonfall. Es war seltsam, daß er sich nicht an die Stimme seines Vaters erinnern konnte, eine Stimme, die er sein ganzes Leben lang gehört hatte. Möglicherweise hatte sie nicht soviel Wirkung auf ihn gehabt.

Er starrte auf den Mann in dem hellbraunen Anzug auf der anderen Seite des Wassers, den Mann, der fotografiert wurde. Der Mann stand nun auf der Betonmauer, der flache Teich hinter ihm, er hatte die Beine gespreizt, die Hände auf den Hüften, sein hellbraunes Jackett über den Arm gehängt. Er sah lächerlich aus, nicht überzeugend, was auch immer er überzeugend darstellen sollte. Austin fragte sich, ob er wohl im Hintergrund zu sehen war, eine verschwommene Gestalt in der Ferne, die von der anderen Seite des abgestandenen Teiches herüberstarrte. Vielleicht würde er es irgendwo sehen, in *Le Monde* oder *Figaro*, in den Zeitungen, die er nicht lesen konnte. Es würde ein Souvenir sein, über das er zu einem späteren Zeitpunkt lachen könnte, wenn er wo war? Mit wem?

Aller Wahrscheinlichkeit nach nicht mit Josephine Belliard. Etwas an ihr hatte ihn an diesem Nachmittag gestört. Nicht ihre Zurückhaltung beim Küssen. Das war eine Haltung, die man mit der Zeit überwinden konnte. Er war gut darin, die Zurückhaltung bei anderen zu überwinden. Er war ein überzeugender Mann, mit der Seele eines Verkäufers, und er wußte es. Von Zeit zu Zeit störte es ihn sogar, da er das Gefühl hatte, daß er unter den richtigen Umständen jeden von allem überzeugen konnte – ganz gleich, was. Er hatte keine klare Vorstellung davon, was diese Eigenschaft war, aber Barbara hatte sie gelegentlich kommentiert, oft mit einer wenig schmeichelhaften Implikation, die er nicht wirklich akzeptierte. Aber er hatte sich bei dem Gedanken immer unwohl gefühlt, daß sie vielleicht wahr sein könnte oder man sie für wahr halten könnte.

Er hatte geglaubt, daß er und Josephine eine andere Art von Beziehung haben könnten. Sexuell, aber nicht im eigentlichen Sinne. Eher etwas Neues. Auf der Wirklichkeit gründend – auf den Gegebenheiten seines Charakters und ihres. Während er mit Barbara nur das Ende einer alten Geschichte durchspielte. Weniger wirklich, irgendwie. Weniger reif. Er könnte Josephine nie wirklich lieben; darum durfte es nicht gehen, da er tief in seinem Herzen nur Barbara liebte, was auch immer das wert war. Dennoch hatte er sich einen Augenblick lang von Josephine überwältigt gefühlt, sie anziehend gefunden, hatte sogar an die Möglichkeit gedacht, mit ihr für Monate oder Jahre zusammenzuleben. Alles war möglich.

Doch als er ihr heute in ihrer Wohnung wieder begegnet war und sie genauso aussah, wie er erwartet hatte, sich genauso verhielt, wie er vorhergesehen hatte, war ihm ganz trostlos zumute gewesen, ein Gefühl, das sich, wie er vermutete, sicher nie ganz verlieren würde, wenn er mit ihr für den Rest des Lebens die Segel setzte. Und er war erfahren genug, um zu wissen, daß, wenn er sich schon am Anfang elend fühlte, er sich später nur noch schlimmer fühlen würde und daß sein Leben auf diese Weise früher oder später zur Hölle würde, wofür dann allein er die Verantwortung trug.

Diese widerstreitenden Gedanken waren ihm in den letzten Tagen ungeordnet durch den Kopf gegangen.

Aber nun, da er hier war, würden sich diese Fragen auf die eine oder andere Weise klären. Er mußte nur aufpassen, daß er keinen Schaden anrichtete, niemanden in unnötiges Chaos stürzte, und alles würde sich klären.

Sein Daumen schmerzte immer noch leicht. Die Frauen lachten wieder auf dem Tennisplatz jenseits des blühenden Rhododendrongebüschs. Austin konnte sogar ein paar Frauenwaden und Tennisschuhe erkennen, die von einer Seite zur anderen sprangen, als würde jemand einen Ball schlagen, erst Vorhand, dann Rückhand, während die kleinen weißen Füße über den roten Belag tanzten. »*Arrête!* Stop!« schrie eine Frau und seufzte laut.

Französinnen, dachte Austin, redeten alle wie Kinder; mit hohen, schnellen, unangenehm aufdringlichen Stimmen, mit denen sie die meiste Zeit »*Non, non, non, non, non*« auf etwas entgegneten, was jemand von ihnen wollte, einen höchstwahrscheinlich ganz unschuldigen Wunsch. Er hatte es noch im Ohr, wie Josephine eben das sagte, als sie, beim einzigen anderen Mal, daß er sie in ihrem kleinen Appartement besuchte – vor einer Woche –, im Wohnzimmer dastand und mit jemandem telefonierte, das Telefonkabel um ihren Finger wickelnd: »*Non, non, non, non, non, non. C'est incroyable. C'est in-croy-a-ble!*« Es ging ihm furchtbar auf die Nerven, obwohl es ihn in diesem Augenblick auch amüsierte, daran zu denken – aus der Entfernung.

Barbara konnte mit Französinnen absolut nichts anfangen und machte daraus keinen Hehl. »Typisch From-Asch«, sagte sie immer nach Abenden mit seinen französischen Kunden und deren Frauen, und tat dann so, als sei sie vollkommen angeekelt. Es war vermutlich genau das, was ihn auch an Josephine störte: daß sie eine so typische bourgeoise kleine Französin zu sein schien, der Typ, der Barbara schon nach einer Minute mißfiel – unnachgiebig, selbstbezogen, völlig eingesperrt in ihrem französischen Leben, ohne Gefühl für den Rest der Welt, vielleicht sogar kleinlich, wenn man sie länger kannte – wie ihr Ehemann herausgefunden hatte. Josephines Problem, dachte Austin, während er sich nach dem kleinen Leo umsah, war, daß sie alles in ihrem Leben zu ernst nahm. Ihre Mutterschaft. Das lächerliche Buch ihres Ehemanns. Ihren Freund. Ihr Pech. Sie betrachtete alles wie unter einem Mikroskop, als ob sie immer darauf wartet, einen Fehler zu finden, den sie dann so sehr aufblasen konnte, daß sie keine andere Wahl hatte, als das Leben weiterhin zu ernst zu nehmen. Als ob das alles war, was Erwachsensein bedeutete – Ernsthaftigkeit, Disziplin. Kein Spaß. Das Leben, dachte Austin, mußte unbeschwerter sein. Deshalb war er hierhergekommen, deshalb hatte er sich losgemacht – um das Leben etwas mehr zu genießen. Er bewunderte sich selbst dafür. Und aus diesem Grund dachte er auch, daß er nicht der Erlöser in Josephines Leben sein konnte. Das würde ein lebenslanger Kampf, und ein lebenslanger Kampf war nicht gerade das, worauf er aus war.

Als er sich noch einmal nach Leo umsah, war der kleine Junge nicht mehr da, wo er verträumt an der Seite der größeren Jungen gestanden und zugesehen hatte, wie ihre Miniaturkutter und Galeonen über die stille Fläche des Teiches glitten. Die älteren Jungen waren noch da. Die langen Stöcke, mit denen sie die Boote steuerten, in den Händen, flüsterten sie miteinander und grinsten. Aber Leo war nirgends. Es war kühler geworden. Das Licht auf den zinnenbewehrten Dächern der Ecole Supérieure war verblaßt, und bald würde es dunkel sein. Der Mann, der fotografiert worden war, entfernte sich gerade mit dem Fotografen. Austin war in Gedanken versunken gewesen und hatte Leo aus den Augen verloren, der irgendwo, da war er sich sicher, in der Nähe war.

Er sah auf die Uhr. Es war fünfundzwanzig Minuten nach sechs, und jetzt konnte Josephine zu Hause sein. Er sah hoch zu der Reihe der Wohnhäuser, in der Hoffnung, er könne ihr Fenster entdecken, dachte, daß er sie vielleicht dort sehen würde, wie sie ihm zuschaute, ihm glücklich zuwinkte, vielleicht mit Leo an ihrer Seite. Aber er konnte die Häuser nicht mehr voneinander unterscheiden. Ein Fenster, das er ausmachen konnte, stand offen, und drinnen war es dunkel. Aber er war sich nicht sicher. Wie auch immer, Josephine tauchte nicht im Fensterrahmen auf.

Austin blickte sich um in der Hoffnung, daß er Leos weißes T-Shirt irgendwo aufblitzen sah, mit dem hervorschießenden roten Cadillac. Aber er sah nur einige Paare, die auf den kreidigen Wegen entlanggingen; zwei der älteren Jungen trugen ihre Segelboote nach Hause. Er hörte immer noch, wie Tennisbälle geschlagen wurden – pock, pock, pock. Und ihm war kalt, und er war ganz ruhig – es war das vertraute Gefühl, wenn die

Angst begann, ein Gefühl, das sich sehr schnell in etwas anderes verwandeln und dann lange, lange anhalten konnte.

Leo war verschwunden, und er war sich nicht sicher, wohin. Er rief »Leo« auf amerikanisch, dann »Lä-ju«, wie seine Mutter es sagte. »*Où êtes-vous?*« Einige Passanten sahen ihn streng an, als sie zwei Sprachen gleichzeitig hörten. Die anderen Jungen mit den Segelbooten sahen sich nach ihm um und grinsten. »Lä-ju!« rief er wieder, und er wußte, daß seine Stimme nicht normal klang, daß sie vielleicht erschrocken klang. Alle um ihn herum, alle, die ihn hören konnten, waren Franzosen, und er konnte keinem von ihnen genau erklären, was hier eigentlich passiert war; daß dies nicht sein Sohn war; daß die Mutter des Kindes im Moment nicht hier war, aber vermutlich in der Nähe; daß er einen Augenblick lang nicht aufgepaßt hatte.

»Lä-ju«, schrie er noch einmal. »*Où êtes-vous?*« Er entdeckte nichts von dem Jungen, sah nirgends sein Hemd oder seinen schwarzen Haarschopf im Gebüsch aufblitzen. Kalt durchzog es seinen Körper, eine plötzliche neue Welle, und er schauderte, weil er wußte, daß er allein war. Leo, irgendeine klitzekleine Gewißheit stieg in ihm auf, die ihm sagte – Leo, wo immer er war, war wohlauf. Man würde ihn finden, und er wäre wohlauf und glücklich. Er würde seine Mutter sehen und Martin Austin sofort vergessen. Ihm würde nichts Schlimmes zustoßen. Aber er, Martin Austin, war allein. Er konnte das Kind nicht finden, und für ihn würde alles nur ein schlimmes Ende nehmen.

Jenseits einer Rasenfläche sah er einen Parkwächter in einer dunkelblauen Uniform zwischen Bäumen hervortreten, hinter denen die Tennisplätze lagen, und Austin begann, auf ihn zuzurennen. Es überraschte ihn, daß er rannte, und auf halber Strecke wurde er langsamer und ging mit schnellen Schritten auf den Mann zu, der stehengeblieben war, damit er sich ihm nähern konnte.

»Sprechen Sie Englisch?« sagte Austin, bevor er ihn erreicht hatte. Er wußte, daß sein Gesicht einen irgendwie übertriebenen Ausdruck angenommen hatte, weil der Wächter ihn seltsam ansah, den Kopf leicht neigte, als zöge er es vor, ihn aus einem anderen Winkel zu betrachten, oder als hörte er eine merkwürdige Melodie und versuchte, sie besser zu verstehen. In seinen Mundwinkeln schien ein Lächeln zu liegen.

»Entschuldigen Sie«, sagte Austin und holte Luft. »Sie sprechen Englisch, nicht wahr?«

»Ein bißchen, warum nicht«, sagte der Wächter, und dann lächelte er wirklich. Er war mittleren Alters und sah nett aus mit seinem weichen gebräunten Gesicht und dem schmalen Hitler-Bärtchen. Er trug die Uniform eines französischen Gendarmen mit Schultergurt und weißer Kordel, die mit der Pistole verbunden war, und einem blau-goldenen Käppi. Er war ein Mann, der Parks mochte.

»Ich habe hier irgendwo einen kleinen Jungen verloren«, sagte Austin sehr ruhig, obwohl er immer noch keine Luft bekam. Er hielt die rechte Hand an seine Wange, als wäre sie naß, und spürte, daß seine Haut kalt war. Er drehte sich plötzlich um und sah noch einmal auf den Betonrand des Teiches, auf den Rasen, der von Kieswegen durchzogen war, und dann auf einen dichten Wall von Taxushecken dahinter. Er rechnete damit, Leo genau in der Mitte dieser Miniaturlandschaft zu entdecken. Jetzt, da er Angst bekommen hatte und Zeit vergangen war und er um Hilfe ersuchte und Fremde ihn mißtrauisch und verwundert beäugten – jetzt, da all dies geschehen war, würde Leo erscheinen, und alles würde sich wieder beruhigen.

Aber es war niemand zu sehen. Die Rasenfläche war leer, und es war schon dunkel. Er konnte die schwache Innenbeleuchtung in den Wohnhäusern jenseits des hohen Parkzauns sehen, auch die gelben Autoscheinwerfer auf der rue Vaugirard. Er dachte daran, wie er einmal in Illinois mit seinem Vater auf die Jagd gegangen war. Er war noch ein Junge, und ihr Hund war weggelaufen. Und sie wußten, daß der Einbruch der Dämmerung bedeutete, daß sie den Hund nie wiedersehen würden. Sie waren weit weg von zu Hause. Der Hund würde den Weg zurück nicht finden. Und genau so war es auch gekommen.

Der Parkwächter stand vor Austin, lächelte, starrte sehr merkwürdig in sein Gesicht, suchend, als ob er für irgend etwas den Beweis erbringen wollte – daß Austin verrückt war oder auf Drogen oder möglicherweise nur einen Scherz trieb. Der Mann, das wurde Austin klar, hatte nichts verstanden und wartete bloß darauf, daß etwas geschah, was er verstehen würde.

Aber er hatte jetzt alles zerstört. Leo war weg. Entführt. Mißbraucht. Einfach verloren in einer hoffnungslos riesigen Stadt, und seine ganze neugewonnene Freiheit, seine reine Weste waren in einem einzigen Augenblick vertan. Er würde ins Gefängnis kommen, und er sollte ins Gefängnis kommen. Er war ein schrecklicher Mensch. Ein nachlässiger Mensch. Er brachte Chaos und Unglück in das Leben unschuldiger, argloser Menschen, die ihm vertrauten. Keine Strafe konnte hart genug für ihn sein.

Austin sah wieder auf die Taxushecke, ein langes grünes Gebüsch, mehrere Meter dick, dessen Inneres sich in verschlungenen Schatten verlor. Dort war Leo, dachte er mit absoluter Gewißheit. Und er fühlte Erleichterung, eine kaum zu bändigende Erleichterung.

»Es tut mir leid, Sie belästigt zu haben«, sagte er zu dem Wächter. »*Je regrette*. Ich habe einen Fehler gemacht.« Und er drehte sich um und rannte auf die Taxushecke zu, über die Rasenfläche, die Kieswege und sorgfältig angelegten Beete, die hellgelb in Blüte standen, durch den prächtigen Park. Er tauchte unter zwischen den tiefhängenden verkümmerten Ästen, wo der Boden nackt war, geharkt und feucht und gepflegt. Er bewegte sich mit eingezogenem Kopf schnell vorwärts. Er rief Leos Namen, aber sah ihn nicht, obwohl er eine Bewegung wahrnahm, ein unbestimmtes Flirren von Blau und Grau, etwas hörte, was vielleicht Schritte auf dem weichen Boden waren, und dann hörte er tatsächlich jemanden rennen, wie ein großes Tier, das vor ihm floh und durch die verschlungenen Äste brach. Er hörte Gelächter von jenseits der Taxushecke, wo sich eine weitere große Rasenfläche öffnete – die Stimme eines Mannes, der lachte und französisch sprach, außer Atem geriet und rannte, alles gleichzeitig. Lachend, dann wieder redend, und dann wieder lachend. Austin bewegte sich auf die Stelle zu, wo er das Flirren von Blau und Grau gesehen hatte – die Kleider von irgend jemandem, dessen Flucht er bezeugt hatte, dachte er. Zwischen den dicken Wurzeln und den buschigen Stämmen des Taxus stieg der strenge alte Geruch von Pisse und menschlichen Exkrementen auf. Papier und Abfall lagen in der Fäulnis verstreut. Von außen hatte es kühl und einladend gewirkt, ein Platz, wo man ein Nickerchen machte oder sich liebte.

Leo war da. Genau da, wo Austin die Kleidung im Unterholz hatte aufblitzen sehen. Er war nackt, saß auf der feuchten Erde, seine Kleidung, die man ihm hastig vom Leib gerissen und beiseite geschleudert hatte, lag um ihn herum verstreut. Er sah zu Austin auf, seine Augen waren schmal und aufmerksam und dunkel, er hatte seine kleinen Füße ausgestreckt, seine Beine waren verschmutzt und zerkratzt, seine Brust und seine Arme zerkratzt. Auf seinen Wangen war Dreck. Seine Hände lagen zwischen den Beinen, nicht um etwas zu bedecken oder zu schützen, sondern bloß schlaff, als hätten sie keinen Zweck. Er war sehr weiß und sehr still. Sein Haar war immer noch ordentlich gekämmt. Doch als er Austin sah und sah, daß es Austin war und nicht irgendein anderer, der auf ihn zukam, mit wahnsinnigem Blick und rasselndem Atem, gebückt, stolpernd, mit ausgebreiteten Armen durch die Taxuszweige und Stämme und Wurzeln dieses verborgenen Ortes brechend, stieß er einen schrillen, hoffnungslosen Schrei aus, als ob er sehen konnte, was als nächstes kam und wer es sein würde, und als ob es ihn in Panik versetzte. Und dieser Schrei war alles, was er tun konnte, um die Welt wissen zu lassen, daß er sich vor seinem Schicksal fürchtete.

8 In den folgenden Tagen sollte es eine große Diskussion um diesen Fall geben. Die Polizei führte mit Hilfe der Medien eine umfassende Suchaktion nach der Person oder den Personen durch, die den kleinen Leo verschleppt hatten. Es gab keine Indizien, aus denen man folgern konnte, daß er sexuell mißbraucht worden war, nur dafür, daß er von jemandem ins Gebüsch gelockt, arg zugerichtet und erschreckt worden war. Eine kleine Meldung erschien auf den letzten Seiten von *Le Monde*, und Austin bemerkte, daß die gesamte Polizei das Wort *moleste* benutzte, wenn sie sich auf den Vorfall bezog, als wäre es das erwiesenermaßen adäquate.

Es wurde allgemein angenommen, daß der Täter in der Gruppe von Hippies zu finden war, die er von Josephines Fenster aus gesehen hatte. Es hieß, daß sie im Park lebten und in dem Gebüsch, in den Taxus- und Buchsbaumhecken, schliefen und daß einige von ihnen Amerikaner seien, die seit zwanzig Jahren in Frankreich lebten. Aber als die Polizei sie zur Gegenüberstellung vorlud, schien keiner von ihnen der Mann zu sein, der Leo erschreckt hatte.

Nach dem Vorfall gab es bei der Polizei sogar einige Stunden lang den Verdacht, daß Austin selbst Leo mißbraucht und den Wärter nur angesprochen hatte, um von sich abzulenken, nachdem er mit dem kleinen Jungen fertig gewesen war – im Vertrauen, daß das Kind ihn nie anklagen würde. Austin hatte verständig und mit Geduld erklärt, daß er Leo nicht mißbraucht hatte und niemals so etwas tun würde, hatte aber eingesehen, daß er zu den Verdächtigen gezählt werden mußte, bis er entlastet wurde – was nicht vor Mitternacht geschah, als Josephine in die Polizeiwache kam und aussagte, daß Leo ihr erklärt habe, Austin sei nicht der Mann, der ihn erschreckt und ausgezogen habe – daß es jemand anderes gewesen war, ein Mann, der französisch sprach, ein Mann in blauer und möglicherweise grauer Kleidung mit langen Haaren und einem Bart.

Nachdem sie diese Geschichte erzählt hatte und Austin erlaubt worden war, die muffige, fensterlose Polizeizelle zu verlassen, in der man ihn vorläufig zu warten gebeten hatte, war er neben Josephine auf die schmale Straße hinausgetreten, auf die durch die hohen Maschendrahtfenster der Gendarmerie gelbes Licht fiel. Die Straße wurde von einer Anzahl junger Polizisten in kugelsicheren Westen bewacht, die kurze Maschinenpistolen in Schulterhalftern trugen und Austin und Josephine gelassen beobachteten, als sie am Straßenrand stehenblieben, um sich voneinander zu verabschieden.

»Ich habe in jeder Hinsicht die Schuld an dieser Sache«, sagte Austin. »Ich kann dir gar nicht sagen, wie leid es mir tut. Es gibt keine Worte, die das vernünftig ausdrücken könnten, denke ich.«

»Du hast die Schuld«, sagte Josephine und sah ihm konzentriert ins Gesicht. Nach einem Moment sagte sie: »Es ist kein Spiel. Weißt du? Vielleicht ist es für dich ein Spiel.«

»Nein, das ist es wirklich nicht«, sagte Austin niedergeschlagen, während er vor den Augen all der jungen Polizisten in der kühlen Abendluft dastand. »Ich denke, ich hatte eine Menge Pläne.«

»Pläne wofür?« sagte Josephine. Sie trug den schwarzen Crêpe-Rock, den sie an dem Tag angehabt hatte, als er sie kennenlernte, vor einer Woche. Sie sah wieder anziehend aus. »Nicht für mich! Du hast keine Pläne für mich. Ich will dich nicht. Ich will überhaupt keinen Mann mehr.« Sie schüttelte den Kopf, verschränkte entschlossen die Arme und sah weg, ihre dunklen Augen glänzten in der Nacht. Sie war sehr, sehr wütend. Möglicherweise, dachte er, war sie wütend auf sich selbst. »Du bist ein Narr«, sagte sie, und sie spuckte aus Versehen, als sie das sagte. »Ich hasse dich. Du verstehst überhaupt nichts. Du weißt nicht, wer du bist.« Sie sah ihn bitter an. »Wer bist du?« sagte sie. »Wer glaubst du zu sein? Du bist nichts.«

»Ich verstehe«, sagte Austin. »Es tut mir leid. Dies alles tut mir leid. Ich sorge dafür, daß du mich nie wiedersehen mußt.«

Josephine lächelte ihn an, ein grausames, souveränes Lächeln. »Das ist mir egal«, sagte sie und zuckte auf die Art mit den Schultern, wie Austin es nicht leiden konnte, die Art, wie Französinnen es taten, wenn sie eine Sache als wahr ausgeben wollten, die sich vielleicht ganz anders verhielt. »Es ist mir egal, was mit dir wird. Du bist tot. Ich sehe dich nicht.« Sie drehte sich um und ging den Bürgersteig entlang, an der *gendarmerie* und an den jungen Polizisten vorbei, die sie gleichgültig musterten. Sie blickten sich nach Austin um, der allein im Licht dastand, wo er seinem Gefühl nach bleiben sollte, bis sie aus dem Blickfeld verschwunden war. Einer der Polizisten sagte etwas zu seinem Kollegen neben ihm, und der Mann pfiff einen einzelnen langen Ton in die Nacht. Dann drehten sie sich um und blickten in die andere Richtung.

In den folgenden Tagen hatte Austin Angst, eine beinahe erdrückende Angst, die ihm in seiner kleinen schlüpfrigen Wohnung an der rue Bonaparte den Schlaf raubte, die Angst nämlich, daß Barbara bald sterben würde, eine Angst, der am nächsten Tag das Gefühl folgte, daß sie bereits gestorben war, und dann, daß etwas Wichtiges in seinem Leben, das er nicht anders als durch ihr Sterben erkennen konnte, verlorengegangen war, vernichtet, und zwar durch sein eigenes Verschulden, aber auch durch das Schicksal. Was war dieses Etwas, fragte er sich, als er mitten in der Nacht wach lag? Es war nicht Barbara selbst. Sie lebte und war auf Erden, und er konnte wieder mit ihr zusammenkommen, wenn er es versuchen wollte und auch sie dazu bereit war. Aber er hatte etwas verloren, und was immer es war, sie repräsentierte es, und er hatte das Gefühl, wenn er es genauer bezeichnen könnte, dann konnte er vielleicht damit beginnen, die Dinge wieder in den Griff zu bekommen, klarer zu sehen, konnte sogar wieder mit ihr sprechen. In einem gewissen Sinne, sich selbst repatriieren.

Aber nicht zu wissen, was dieses Etwas war, bedeutete sogar, daß er die Kontrolle über sich verloren hatte, sagte vielleicht etwas noch Schlimmeres über ihn aus. Und in jenen folgenden Tagen betrachtete er sein Leben einzig unter dem Gesichtspunkt dessen, was mit ihm nicht stimmte, im Lichte seines Problems, seines Versagens – vor allem als Ehemann; seines Unglücks, seines Ruins, den er ungeschehen machen wollte. Er erkannte nun noch klarer, daß er sich immer an Barbara orientiert hatte, alles, was er je getan oder angenommen oder gedacht hatte, war auf Barbara bezogen, und daß alles, was er jetzt zu tun hoffte, auf dem Gedanken gründete, daß er schließlich zu Barbara zurückkehren würde. Alles bewegte sich in diesem Rahmen, den man unmöglich aufbrechen konnte.

Hinter Josephine lag natürlich nichts – keine Struktur, kein Mysterium, kein Geheimnis, nichts, auf das er jetzt neugierig war. Sie war ihm wie eine unwiderstehliche Frau vorgekommen; nicht als großartiges Sexobjekt, nicht übermäßig geistreich – aber als eine Kraft, die er kurz geliebt hatte in der Erwartung, daß sie ihn auch lieben könnte. Er erinnerte sich daran, wie er sie im Auto geküßt hatte, er erinnerte sich an ihr weiches Gesicht und den großartigen, überwältigenden Augenblick eines wundersamen Gefühls, das ihn erregt hatte. Und an ihre Stimme, die leise gesagt hatte: »Nein, nein,

nein, nein, nein, nein.« Das zu verlieren – darüber war Bernard nie hinweggekommen. Es hatte ihn dazu gebracht, sie so zu hassen, daß er sie demütigen mußte.

Was ihn anbelangte, so bewunderte er sie, vor allem wegen der Art, mit der sie ihn behandelt hatte. Angemessen. Intelligent. Sie hatte einen größeren Verantwortungssinn als er und auch eine eindringlichere Vorstellung von der Wichtigkeit des Lebens, seiner Schwere, seiner Dauer. Ihm kam tatsächlich alles weniger wichtig vor, weniger dauerhaft, und er konnte nicht einmal versuchen, ihr Lebensempfinden zu erlangen – ein europäisches Empfinden. Es war nicht zu leugnen – er hatte das Gefühl, etwas Gegebenes, etwas Festgelegtes zu sein. Und er hatte ein Bild von sich – ein ganz und gar anderes als das von Josephine behauptete. Josephine war selbst etwas Festgelegtes, aber sie waren sehr, sehr unterschiedlich und hätten zusammen nicht sehr glücklich werden können.

Er fragte sich wieder in jenen träumerischen Augenblicken, als die Angst vor Barbaras Sterben abgeklungen war und bevor er wieder einschlief, er fragte sich, was möglich war zwischen den Menschen. Was war möglich, das wirklichen Wert hatte? Wie konnte man das Leben in den Griff bekommen, anderen geringen Schaden zufügen und doch mit ihnen verbunden sein? Er fragte sich, ob er, wie Barbara in Oak Grove gesagt hatte, als sie so wütend auf ihn gewesen war, ob er sich irgendwie verändert hatte, ob er ein paar wichtige Verbindungen verloren hatte, die sein Glück garantiert hatten, ob er auf Distanz geraten war, unerreichbar. Konnte so etwas mit einem geschehen? Und war das etwas, was man selbst steuerte, eine Frage des eigenen Charakters oder eine Veränderung, bei der man nur das Opfer war? Das waren Fragen, so fühlte er, über die er viele, viele Nächte schlafen mußte.